LA VOLONTÀ DEL KODIAK

EVE LANGLAIS

Copyright English Version © 2014 Eve Langlais

Copyright Italiano © 2018 Eve Langlais

Translated/Tradotto: Italian Bridge

Copertina a cura di Amanda Kelsey © 2016/2018

Prodotto in Canada

Pubblicato da Eve Langlais

http://www.EveLanglais.com

ISBN Ebook : 978 1 77 384 072 7

ISBN Print 978 1 77 384 0734

Tutti I Diritti Riservati

La volontà del Kodiak rappresenta un'opera di finzione e i personaggi, gli eventi e i dialoghi contenuti nella storia sono il risultato dell'immaginazione dell'autrice e non sono interpretabili come reali. Qualunque riferimento a eventi o persone, vive o defunte, è puramente casuale.

Nessuna parte del presente libro può venire riprodotta o condivisa, in qualunque forma o con qualunque metodo, elettronico o fisico, includendo, ma non solo, la copia digitale, la condivisione di file, la registrazione audio, e-mail e stampa senza il permesso scritto dell'autore.

CAPITOLO 1

"Sul serio mi ha chiamato vacca grassa e noiosa?" Sbuffò Tammy, mentre gettava il suo maglione favorito su una pila di maglie nere bien piegate. "Tradirmi con la mia cosiddetta migliore amica." Lo stronzo. La custodia del suo CD di giochi della Xbox finì in cima alla pila. "Come osa pensare di potermi trattare come fossi insignificante e riderci sopra." Ah. *Vedremo chi ride ultimo.* Sputò sulla pira che aveva costruito sulla griglia.

"E dicono che rompere con qualcuno sia difficile." Il fiammifero che teneva in mano diceva il contrario. Quando lo lasciò andare, la fiamma iniziò a danzare e a guizzare, ma il piccolo bastoncino restò acceso e infiammò l'improvvisato falò con un *whoosh*. Nonostante il barbecue limitasse il fuoco, la attraversò un brivido di paura. Ma non scappò a prendere la pompa dell'acqua o l'estintore. Semplicemente, restò e affrontò quella paura, proprio come il suo strizzacervelli le aveva insegnato a fare.

Mentre la pila di oggetti gracchiava e bruciava, sentì il rumore della porta a vetri che sbatteva e i passi pesanti di lui, mentre si dirigeva verso il retro del portico. "Che diavolo stai facendo, pezzo di stronza fuori di testa?"

Oooh, un soprannome nuovo. Per lo meno questo se lo era meritato. Tammy si girò, lasciando che il calore del barbecue le riscaldasse la schiena, e gli rivolse un freddo sorriso. "Direi che sia ovvio. Mi sto liberando di te."

"Con la mia roba!" urlò, gesticolando in direzione della pira ardente.

Si strinse nelle spalle. "Già, beh, visto che non eri qui quando ho ricevuto il messaggio, ho pensato di sfogarmi in un altro modo." Un messaggio in cui la mollava, e che le aveva mandato qualche ora prima, dopo la loro ultima discussione, in cui lei lo aveva affrontato riguardo la sua avventura con la sua amica. E pensare che aveva avuto il coraggio di difendersi, accusandola di non essere stata in grado di dimagrire e dicendo che per quella ragione aveva sentito il desiderio ti infilare il suo pene nel buco di qualcun'altra.

Non ho mai promesso che sarei cambiata per lui. Mi piaccio così come sono. E 'come sono' significava con qualche chilo in più, una figura decisamente sinuosa, e un sano appetito. Le sarebbe piaciuto avere un fisico più magro? Ovvio. Tuttavia, non aveva nessuna intenzione di rinunciare a tutto ciò che amava – patatine fritte, pizza, snack e, oooh, il gelato al cioccolato – e iniziare uno stretto regime a base di palestra, solo per compiacere un uomo. *Amami per come sono* o, almeno, fai finta.

Lui agitò la mano nell'aria. "Chiamerò la polizia. Non hai il diritto di farlo."

"Fare cosa? Un barbecue per cena?" disse, indicando la bistecca sul piatto di fianco al barbecue, spessa, rossa e condita con un po' di aglio, pepe e sale grosso. Dentro casa, la aspettavano il riso, che gorgogliava in una pentola, e un'insalata Caesar all'aglio. E, qualora ce ne fosse stato bisogno, restava un po' di cheesecake in salsa al caramello, custodita nel frigorifero.

"Non fare la furba. Non puoi usare la mia roba come combustibile."

"Provalo. A me sembrano pezzi di carbone." E, in realtà, mentre parlavano i suoi preziosi averi si erano ridotti a un cumulo indistinguibile. Tammy indossò un paio di guanti da forno, e appoggiò la griglia sulle braci ardenti. Poi gli rivolse un sorriso, sfacciato e sarcastico, mentre con le pinze afferrava la bistecca e ce la sbatteva sopra. *Mmm, non c'è niente di meglio di questo sfrigolio.* "Ti inviterei a rimanere ma, come puoi vedere, c'è posto solo per uno e, inoltre, questo pomeriggio mi hai spiegato piuttosto chiaramente che non mangi carne di mucca. Troppo grassa. Quindi, perché non sparisci e vai a trovare quel piccolo fenicottero della tua ragazza."

"Non è la mia ragazza. Abbiamo solo fatto sesso. Sai perfettamente che non ho un posto dove andare."

"Non è un problema mio. La casa è a nome mio, così come il mutuo. E, visto che non abbiamo mai stipulato un contratto di affitto e non siamo più una coppia, ora sei un intruso. E non sei il benvenuto. Ora, vattene prima che *io* chiami la polizia."

"Non puoi sbattermi fuori. E tutta la mia roba?"

"Il resto della tua robaccia sta sotto al portico di fronte. Probabilmente sei passato di fianco alle borse della spazzatura quando sei entrato. Prendile quando te ne vai, o domani notte mi gusterò un kebab baciato dalle fiamme." Uhm, che buono. Costolette di maiale marinate con peperoni verdi e rossi, su una base di spaghetti fritti piccanti.

Vedere i muscoli della sua mandibola tendersi, le diede una certa soddisfazione. Non che fosse una gran mandibola, così come il resto di lui. Cosa poteva dire? Si era stupidamente innamorata del suo finto charme e delle sue menzogne. Una storia che continuava a ripetersi. Almeno ora Tammy riusciva a non piangere più quando la deludevano e le spezzavano il cuore. Ne aveva avuto abbastanza.

"Non solo sei grassa e fai schifo a letto, sei fuori di testa. Non troverai mai un uomo che ti voglia," lo stronzo la aggredì, mentre indietreggiava verso la loro casa.

Forse. Ma Tammy non sarebbe cambiata. Se il suo destino era di vivere sola, lo avrebbe accettato. Poteva comunque sempre contare sul gelato e su Netflix.

CAPITOLO 2

"Che diavolo significa che abbiamo perso un altro carico?" Solo per poco l'urlo di Reid non scosse le pareti del suo ufficio. Tuttavia, la sua scrivania non se la passò così bene quando ci sbatté contro il pugno, lasciando un'ammaccatura sulla superficie già consumata.

Il suo vice non sussultò, ma Brody fece una smorfia. "Odio dirlo, ma credo che ci abbiano preso di mira."

"Dai, davvero?", fu la sarcastica risposta di Reid. "La domanda è, chi? Chi è tanto stupido da ingannarci?" *Da ingannare me.* Il suo carattere e il suo comportamento non-mi-dire-cazzate erano ben conosciuti, sia da parte degli umani, che dei mutaforma. Solo un idiota con un gran paio di palle – grandi e maledettamente pelose – e poco cervello avrebbe osato fotterlo. Reid non seguiva sempre le regole del gioco. In realtà, quasi sempre le creava lui e, diavolo, a volte era lui il primo ad ignorarle.

Essendo il capo del suo clan, la parola di Reid era legge. Il suo pugno la giustizia. E il suo ruggito significava corri, perché se ti prendo...Si potrebbe dire che nel mondo dei mutaforma la giustizia era spesso rapida, dolorosa e, a volte, definitiva. Reid non aveva pazienza per le scuse e nessuna pietà per gli idioti.

Tuttavia, a quanto pareva, qualcuno non conosceva la sua reputazione, oppure la ignorava. Quella cosa, o quelle persone, lo stavano sfidando. Avanti. Le responsabilità burocratiche che derivavano dall'essere a capo di un clan misto non gli piacevano, ma sarebbe morto piuttosto che lasciare che un infido stronzo si intromettesse e glielo portasse via.

"Non c'è stata ancora nessuna rivendicazione. Ma, considerando che sono stati presi di mira solo i nostri camion, direi che si tratta di un atto volontario e che non ci stanno andando per il sottile. Fino ad ora abbiamo perso tre conducenti, lavoratori di passaggio, che non facevano parte del clan. Tre carichi si sono volatilizzati e non c'è nessun cazzo di testimone," aggiunse Brody.

Quello che Brody non aveva detto a voce alta era che le possibilità di trovare i conducenti vivi erano praticamente nulle, considerando che avevano trovato tracce di sangue nel punto in cui i veicoli erano stati registrati dai satelliti l'ultima volta. Il fatto che al responsabile non interessasse che le loro vite giungessero a termine era sinonimo di problemi. Rubare e cacciare di frodo era una cosa. Reid e gli altri clan che avevano deciso di vivere nella selvaggia Alaska lo facevano da decadi, probabilmente addirittura secoli. Era difficile da sapere, visto che non tenevano resoconti scritti. Ma anche se c'erano stati alcuni scontri epici, di solito per il territorio o per le donne – il che era una cosa che non capiva, perché nessun amore meritava quel tipo di problemi – le perdite erano di solito il risultato di battaglie corpo a corpo, non di freddi agguati calcolati. Non erano nobili.

E, per quanto non fosse nobile, quando avesse messo le zampe sul bastardo responsabile, avrebbe ridotto il suo cranio a una poltiglia, in un mare di urla. Essendo il maschio alfa del suo clan, era lui che decideva nelle questioni riguardanti la giustizia. *Fregami e ti distruggerò.*

Reid tamburellò le dita sulla scrivania. "Quando deve arrivare il prossimo carico?"

"Un paio di giorni. Travis sta portando un carico di rifornimenti e poi caricherà di nuovo con tutto quello che la mina ci ha fornito. Con la perdita dell'ultimo carico i nostri partner del sud si stanno lamentando."

"Perché è colpa nostra se siamo stati derubati." Reid non riuscì a trattenere un grugnito sarcastico. Se da un lato poteva controllare chi viveva nella sua città, sia i mutaforma che i pochi umani coinvolti in segreto, il mondo esterno era un'altra cosa. Fare affari solo con quelli della sua specie non era un'opzione, e ciò significava che non poteva spiegare a un CEO umano che un rivale stava cacciando e pianificando una presa di potere sulla sua città. I suoi compratori non volevano ascoltare storie strappalacrime; volevano solo quello che avevano ordinato, che fosse carbone, pesce o legname. I prodotti che aveva programmato di consegnare. Le consegne di cui aveva bisogno per guadagnare soldi, che rigirava e utilizzava per acquistare i rifornimenti per il suo clan. Rifornimenti che erano andati persi, e per questo presto ci sarebbero state delle lamentele, soprattutto da parte sua, qualora non fosse stato capace di riempire di nuovo il suo barattolo di zucchero di canna. Fanculo i suoi cugini e il loro miele. Il dente assetato di dolci di Reid desiderava zucchero di canna e sciroppo di acero.

"Dammi una mappa della strada. Voglio alcuni degli uomini posizionati nei punti in cui è più facile fare un'imboscata. Voglio che, nel caso di un altro attacco, ci sia qualcuno che veda chi lo dirige e me lo riporti." Perché qualcosa dell'intera faccenda puzzava. Il fatto che i conducenti non appartenessero al clan era chiaramente sospetto. Reid aveva assunto dei criminali? Ma perché attendere tanto per rubare?

Jonathon, che era sparito con il primo camion, aveva lavorato per l'impresa per quasi quindici mesi. Steven per sei. Solo l'ultimo conducente sparito aveva lavorato per meno di un mese nella sua posizione.

I camion scomparsi facevano parte di un piano organizzato dall'interno? Sì, avevano trovato tracce di sangue sulle scene degli accidenti, ma non era così inverosimile chiedersi se qualcuno lo aveva messo lì appositamente per depistarli.

Ecco perché voleva dei vigilanti. Se si trattava dell'opera di qualcuno di passaggio, Travis non avrebbe corso nessun pericolo durante il tragitto. Se, tuttavia, c'era davvero una forza esterna che cercava di minare il suo potere, allora Reid voleva saperlo.

"Li farò essere in posizione molto prima che passi il camion. Se Travis viene attaccato, devono intervenire?"

"Se possono aiutarlo, allora sarà meglio che muovano velocemente il loro culo peloso. Ancora meglio, mandiamoli fuori armati."

"E se fanno fuori il camion di Travis al di fuori del nostro raggio di azione?"

"Pensi che obbedirebbe all'ordine di mettersi la coda tra le gambe e scappare?"

"Già, proprio quello che pensavo. Stupido lupetto testa calda. Mi assicurerò che sia armato e gli ripeterò di stare attento. Speriamo che utilizzi il buon senso e scappi se i numeri gli sono contro. Ma, comunque, conoscendo quel coglione di mio cugino, attaccherà a prescindere dalle probabilità, e questo è il motivo per cui voglio che vada con Boris. Ma che sia organizzato con discrezione. Fate entrare Boris senza che nessuno lo veda, e che resti nella cabina letto; se qualcuno vi sta osservando non deve vederlo."

"Boris? Quel fuori di testa? Vuoi metterlo in uno spazio chiuso con Travis? Odi tanto tuo cugino?"

Rispose con un sorriso. Boris probabilmente non era del tutto sano di mente, non da quando era ritornato da oltreoceano, ma era leale. E letale.

"Boris, sì" disse Brody, scuotendo la testa. "Gli darò un colpo."

"No. Lo farò io." Posizionare Boris nei pressi di una battaglia era come garantire un bagno di sangue. Reid volle sottolineare l'importanza di mantenere vivo uno dei ladri per poterlo interrogare.

"E avviserò Travis di comportarsi bene. In altre parole, cercare di rimanere al lato di Boris, specialmente se vuole mantenere intatte le varie parti del suo corpo."

Boris non tollerava gli idioti, una delle ragioni per cui a Reid piaceva tanto. Inoltre, si fidava ciecamente di quell'uomo. "Puoi pensare a una persona migliore per guardare le spalle a mio cugino?" A parte Reid, chi avrebbe potuto assicurare il ritorno, in caso di problemi? In quel modo avrebbe potuto rilassare i nervi e, per farlo, non c'era niente che funzionasse meglio che dispensare violenza. "Inoltre, forse è arrivato il momento di rispondere. Mostrare loro che siamo in gioco e non ci tiriamo indietro." Perché non aveva nessuna intenzione di spiegare a sua zia, Betty-Sue, che il suo unico figlio, Travis, era stato ucciso o era sparito quando lui avrebbe potuto evitarlo.

Quella donna brandiva un terrificante cucchiaio di legno.

CAPITOLO 3

Quando il capo le disse che sarebbe dovuta partire per una parte remota dell'Alaska, Tammy si immaginò subito una piccola città rustica caratteristica, fatta da capanne di tronchi di legno, grandi pini, un grande negozio d'altri tempi e un grande alce gironzolando per la città. Aspetta, o stava pensando al Canada?

Non importava. Quello a cui non aveva pensato quando il suo aereo era atterrato, era che l'unico modo per raggiungere il Kodiak Point in quel periodo dell'anno – nel bel mezzo dell'inverno, quando la notte durava circa venti ore– era l' autostop.

Impossibile noleggiare un'auto e guidare. Non solo le agenzie a cui si era rivolta non avevano accettato la sua richiesta; alcuni impiegati si erano direttamente messi a ridere.

"Non c'è dubbio che possa arrivare lì da sola. Si parla del selvaggio nord. Non lasciamo che i turisti ci vadano da soli. Questo, a meno che non voglia che il suo cadavere sia ritrovato quando si scioglie la neve in primavera."

Non era esattamente la frase più rincuorante che aveva ascoltato durante la sua vita. Tuttavia, la compagnia di assicurazione per cui lavorava aveva insistito perché andasse a indagare sul campo. C'erano tre diverse richieste che riguardavano la sparizione di camion e rimorchi pieni di merce, e segni di attività criminale contro i conducenti, il che significava che qualcuno doveva indagare il profitto derivante da quegli, come venivano definiti, incidenti; questo, specialmente considerando che le richieste di spiegazione da parte della sua agenzia erano state rifiutate dal proprietario dell'impresa, le cui uniche risposte si erano limitate a un vago, "Leggete il verbale della polizia."

Lei aveva letto quei rapporti striminziti. Che presa in giro. Nessun sospetto. Nessun indizio. Nessuna prova, a parte delle macchie di sangue e tre rimorchi che erano svaniti apparentemente nel nulla. Gli incidenti potevano accadere, specialmente in condizioni difficili. Avevano potuto uscire di strada e rimanere coperti da un cumulo di neve? Persi in una tormenta di neve? Essere stati rapiti dagli alieni?

CERTO. Era possibile. Ma tre in meno di un mese? E tutti diretti e provenienti dalla stessa città? Tutti della stessa compagnia? Senza contare il fatto che erano spariti nel nulla. Sapeva di frode.

E così si era ritrovata all'aeroporto, a discutere con la compagnia di noleggio che aveva bruscamente rifiutato la sua richiesta, ma poi le aveva suggerito, deridendola, di cercare un passaggio su una slitta.

Non c'era dubbio che lo avrebbe fatto. E non sarebbe neanche salita caricata su una moto da slitta con qualche sconosciuto. Da impiegata piena di risorse, Tammy ebbe un'idea migliore.

Il giorno seguente, di primo mattino, Tammy si ritrovò nell'area di carico del magazzino in cui si stoccavano le forniture alimentarie del Kodiak Point. Si appoggiò contro una grande struttura blu, con la sua giacca a vento rossa, e un paio di moon boot al ginocchio nuovi. Nuovi perché, a quanto pareva, l'inverno dell'Alaska era decisamente diverso dagli inverni a cui era abituata lei. Rimase ferma nella sua posizione, comoda nel suo nuovo completo, fino a quando apparve un tizio alto, illuminato dai lampioni del parcheggio dei camion. Alle otto del mattino non era ancora spuntato il sole. Non riusciva a capire come i residenti dell'Alaska potessero resistere a quell'oscurità infernale.

Il ragazzo di fermò di fronte a lei. Sorrise, i denti bianchi come il dentifricio, e disse, "Buongiorno. Posso aiutarla?" Data la sua bellezza, caratterizzata da una mandibola quadrata e capelli biondi unti che gli cadevano come una tendina sugli occhi, si immaginò che doveva piacere alle ragazze. Ma, considerando il fatto che probabilmente era almeno cinque anni più giovane di lei, ed era certamente un donnaiolo, il suo charme non la conquistò.

"Probabilmente può aiutarmi. Mi chiamo Tamara Roberts, e sono qui in veste di..." Mentre continuava a raccontargli per chi lavorava, e perché stava aspettando di fianco al suo camion, il sorriso amichevole dell'uomo si spense. La lasciò terminare il suo discorso, ma quando disse, "e questo è il motivo per cui viaggerò con lei", la interruppe.

"Vuole che la porti con me?". Non cercò neanche di nascondere la sua sorpresa.

"Sì." Aveva già presentato tutte le sue ragioni e non c'era nessun motivo per ripeterle.

"Io sono un trasportatore, non un tassista."

"Lo capisco. Tuttavia, pare che al momento non ci sia altro modo per raggiungere la sua città o l'impresa, a parte questo. In camion. Inoltre, mi hanno inviato per investigare il percorso dei camion. Quindi, a meno che lei non abbia qualcosa da nascondere –"

"Ovviamente no."

"Allora non vedo quale sia il problema. È diretto al Kodiak Point. Io devo arrivare lì e osservare come lavora la sua compagnia. A me pare che sia una situazione in cui tutti ci guadagnano."

Era evidente che lui non la pensava nello stesso modo. "Devo chiamare il mio capo."

"Per avvisarlo? Magari per cancellare il piano per fare sparire *misteriosamente* – e mimò le virgolette per aggiungere enfasi alla parola –il camion."

"Mi sta chiamando ladro?". Aggrottò la fronte per l'incredulità.

Si strinse nelle spalle. "Ancora non lo so. Ed è la ragione per cui sono qui. Ma le sue risposte la rendono piuttosto sospetto."

"E io inizio a credere che lei sia stupida, signora."

Erano parole che le suonavano fa miliari. "Benvenuto

nel club. Quindi, cosa facciamo? Mi accompagna, o devo chiamare il mio capo in sede e fargli sapere che la sua impresa sta bloccando la mia indagine?" Ti prego, fai che acconsenta. Non voleva che lui scoprisse che stava bluffando. Il suo capo non aveva idea dei problemi che stava avendo e preferiva che fosse così, per evitare che pensasse che si stava lamentando. Aveva adocchiato una nuova posizione che le avrebbe consentito di gestire casi migliori e guadagnare di più. Se fosse riuscita a provare che si trattava di una frode ed evitare il risarcimento, avrebbe guadagnato punti.

Il ragazzo agitò una mano nell'aria e poi si fermò. "Immagino che la porterò con me. Ma la avviso, non faccio fermate intermedie. Se deve fare pipì la farà in una tazza, se ha fame mangerà quello che ha con lei. Una volta in strada non ci fermeremo finché non saremo arrivati."

Un viaggio di quasi otto ore. Doppio oh. "Non si preoccupi per me. La mia vescica è come quella dei cammelli."

"E il capo ha il carattere di un orso," mormorò il giovane uomo, mentre girava intorno al camion per controllarlo, con il registro in mano.

Tammy non lasciò andare un sospiro di sollievo fino a quando il ragazzo non completò il giro di ispezione, cancellando le voci dalla sua lista. Non era sicura che il suo piano avrebbe funzionato. Ovviamente all'inizio le era sembrato un piano eccellente ma, quanto era giunto il momento di attuarlo, le erano sorti alcuni dubbi.

L'idea di viaggiare con uno sconosciuto la preoccupava un po'. Quando lo aveva raccontato a sua madre quella mattina, mentre sistemava il suo beauty prima di lasciare l'hotel, tenendo il telefono tra la guancia e la spalla, questa aveva fatto del suo meglio per instillarle dubbi di qualsiasi tipo.

"Per quanto tempo starai da sola con quest'uomo nel camion? Sei fuori di testa, Tamara Sophie Roberts! Solo Dio sa da quanto tempo non vede una donna."

"Probabilmente meno di quello che è passato dall'ultima volta in cui sono stata con un uomo," mormorò, mentre infilava un paio di calze di lana nuove in una tasca aperta. Dalla sua ultima, fiammante rottura era rimasta lontana dal sesso opposto, non perché soffrisse di depressione o di mal di testa, ma perché era stanca di ascoltare cazzate.

Aveva davvero creduto che Asshat, il suo ultimo ragazzo, fosse quello giusto. O, almeno, lo tollerava abbastanza da provarci e vivere con lui. Tuttavia, a quanto pareva la vicinanza fu il detonante che lo trasformò da bravo ragazzo a pezzo di merda. Poco dopo il trasferimento di lui a casa sua, cominciò a farle battute rispetto alle sue abitudini alimentari. Poi giunsero le allusioni, più o meno sottili, al suo bisogno di perdere peso, e fare più esercizio. Ma lei sopportava le sue noiose litanie, cercando di fare in modo che le cose funzionassero – fino a quando non scoprì che la stava tradendo.

A proposito di cose noiose, sua madre non aveva ancora finito.

"Non c'è niente da ridere, Tammy. Una giovane donna non dovrebbe viaggiare sola con uno sconosciuto. E se decide di approfittarsi di te? O se il camion esce di strada? Ho visto un programma con tuo padre sui camion che viaggiano sulle strade ghiacciate. Sai quanto è pericoloso?"

"Prima di tutto, mamma, nessuno si approfitta di me." A meno che non fosse lei a volerlo. "E, secondo, la sola ragione per cui sono qui è per indagare perché i loro camion stanno subendo tanti accidenti." Il che, pensandoci meglio, dava credito alle argomentazioni di sua madre.

Uhm. Meglio non soffermarsi su quell'aspetto. Doveva credere che quelli su cui indagava non avrebbero sabotato una consegna quando lei era a bordo. Ciò avrebbe creato ancora più problemi con la sua compagnia di assicurazione.

E così, quella conversazione seguì per una irritante mezz'ora. Alla fine Tammy ebbe la meglio, più che altro perché, quando sua madre si lanciò nella teoria secondo cui le Luci del Nord erano una specie di radiazione nucleare che avrebbe influenzato le ovaie di Tammy e le sue possibilità di avere un figlio, lei attaccò il telefono.

Sua madre, irrazionale com'era, non teneva in conto il fatto che Tammy avesse bisogno di un uomo per fare un figlio e, se le Luci del Nord fossero state veramente spazzatura radioattiva proveniente da alieni che erano caduti sulla terra, allora Tammy sperava solo che avrebbe finito col ritrovarsi con qualche specie di super potere, come saper individuare gli stronzi e scappare nella direzione opposta.

Il conducente sbucò da dietro al camion, continuando ad eliminare le voci dalla sua lista e, visto che aveva ottenuto quello che voleva, Tammy decise che era il momento di essere amabile.

"Quindi, ora sa chi sono io, ma non mi ha ancora detto come si chiama."

In realtà sapeva chi era. Travis Hunter, cugino del proprietario delle imprese Beark. Sapere che era imparentato con il proprietario, che era il maggiore sospettato, le dava una sorta di sollievo. Che possibilità c'erano che avrebbero sabotato un camion che trasportava uno dei membri della famiglia?

"Sono Travis."

"Mi dispiace se abbiamo iniziato con il piede sbagliato, Travis."

Rise sommessamente. "Mi ha solo preso alla sprovvista. Se è davvero determinata ad andare al Kodiak Point la accompagnerò ma, una volta arrivati, dovrà vedersela da sola con il mio capo."

"Il suo capo è Reid Carver?"

"Esatto. E non gli piacciono le sorprese."

"Quindi lo conosce bene."

"Sì, visto che è mio cugino, e questa è la ragione per cui la sto avvisando; non gradirà il fatto di non essere stato avvisato del suo arrivo."

"Suo cugino ha qualcosa da nascondere?"

Se non avesse fissato il suo viso in quel momento se la sarebbe persa – un'occhiata cauta che durò per un secondo, e poi sparì. Mascherò quello sguardo sfuggente sfoderando un grande sorriso, che mise in mostra i suoi enormi canini. "Nascondere qualcosa Reid? No. È esattamente quello che sembra. Un grande, vecchio orso con un ruggito impressionante e il carattere da Alfa." Per qualche ragione, Travis sembrava divertirsi mentre pronunciava quella frase, o almeno così pensò Tammy, a giudicare dal sorrisetto che sfoderò mentre terminava di controllare il camion.

Avendo letto tutte le informazioni riguardo ai camion durante il suo volo – un volo che le era apparso ancora più lungo a causa della mancanza di cibo decente – aveva scoperto che era obbligatorio che tutti i conducenti effettuassero un'ispezione visiva del proprio veicolo prima di ogni viaggio. Luci, pneumatici, idraulica, oltre ai livelli dell'olio e degli altri liquidi, così come segni e ammaccature, erano tutte cose che dovevano venire riportate sul registro di bordo. Faceva parte del piano per ridurre il numero di incidenti e per mantenere a salvo il proprio parco di camion, e non mettere in pericolo non solo i conducenti, ma anche gli altri guidatori presenti sulla strada.

Ciò andava a suo favore, lo aveva fatto, ma era una pratica abituale, oppure era solo causata dalla sua presenza? Doveva riuscire a mettere le mani su quel registro per dargli un'occhiata.

"Queste sono le sue cose?", chiese, indicando col capo la pila di bagagli – due valigie e un borsone a tracolla.

Lei annuì.

"Lo metto in cabina letto."

"Mi siedo lì durante il viaggio?"

"No, a meno che non voglia condividerlo con qualcun altro. Boris sta dormendo lì dietro, e non è un tipo con cui le piacerebbe svegliarsi."

Un consiglio che Travis sembrava seguire. Lui si arrampicò al suo posto, ma non prima di averla vista sedersi e aver gettato dentro le sue valigie attraverso un'apertura sulla parte posteriore.

"Che cazzo?" grugnì una voce. "Vuoi morire giovane, piccolino?"

"Attento a come parli, Boris. Abbiamo una signora a bordo."

Dalle tende scure che coprivano il retro sbucò un viso perplesso. "Da quando le ragazze che carichi sono 'signore'?"

Tammy si morse un labbro, e Travis si accigliò. "Stai insinuando qualcosa?"

"Non insinuo niente, è un dato di fatto."

Tammy intervenne in suo soccorso. "Non sono una delle amiche di Travis. Sono qui in rappresentanza della compagnia assicuratrice, per indagare i recenti incidenti che ha subito la vostra compagnia."

La sua affermazione venne recepita con un grugnito, e Boris rivolse un'occhiata a Travis. "Reid lo sa?"

Travis scosse la testa.

"Sarà il tuo funerale." Sbuffando, Boris scomparve nel retro.

"Compagno gradevole," sottolineò lei, mentre Travis metteva in moto.

"Boris? Bah. È solo un vecchio alce. In realtà mi sorprende che abbia parlato tanto. Quell'uomo si limita a grugnire. Ma è un bravo ragazzo, in fondo. Molto in fondo," aggiunse, a voce leggermente più alta.

Come se volesse confermare le parole di Travis, dal retro si udì provenire un grugnito.

Tammy non poteva evitare di sentire le parole di sua madre. Non sola con un uomo, ma con due. Ti prego, fai che sui giornali non si dica, *Il corpo di una investigatrice di assicurazione-troppo-stupida-per-vivere è stato ritrovato*....No. Si rifiutò di dare adito alla paranoia di sua madre e decise di ascoltare il suo sesto senso, che le diceva che con quei due non aveva niente da temere.

Soprattutto con il non-chiacchierone Travis, che, nonostante le proteste iniziali per accompagnarla, ora sembrava a suo agio. Vista la sua natura loquace, pensò che fosse prudente fargli qualche domanda furtiva rispetto al suo capo e all'azienda.

"Quindi da quanto tempo lavora per suo cugino?"

"Dalle superiori. Praticamente tutta la città lavora per lui. Senza l'azienda non ci sarebbero posti di lavoro. Probabilmente anche il grande magazzino chiuderebbe se non ci fosse."

"Esportate principalmente carbone?"

"Carbone, e alcuni metalli preziosi se i minatori li incontrano. Abbiamo anche una piccola flotta di pescherecci, ma quei prodotti vengono venduti o scambiati localmente. E lavoriamo anche con il legname."

"I vostri camion, che trasportano fuori queste merci, sono anche il mezzo principale per trasportare ciò che serve in città."

"Sì. Senza queste corse regolari, molte famiglie dovrebbero viaggiare ore per avere i prodotti base. Reid ha creato un sistema per far coincidere la distribuzione con i prelievi."

"Suo cugino sembra un uomo d'affari in gamba."

"Lo è."

"Lui cosa pensa dei camion che sono spariti?"

"Nonostante ciò che sospetta, o ciò che sembra, non c'è lui dietro alle sparizioni. Reid tiene troppo alla nostra città e alle persone per fare loro tanto danno."

"Anche se deve ammettere che è sospetto. Voglio dire, andiamo, tre camion?"

Le nocche di Travis si fecero bianche per quanto stringeva il volante. "Uno era condotto da un mio amico. Un amico scomparso, la cui ragazza sta aspettando il suo primo figlio. Mi creda quando le dico che non abbiamo niente da fare con questa storia. Nessuno in città cadrebbe così in basso."

"Allora chi potrebbe essere?" Tammy realizzò di aver fatto una domanda strana, eppure, se non erano stati colpi di sfortuna e c'era qualcuno dietro, qual era la ragione? Era un rivale dell'azienda? Non avrebbe avuto senso. Perché attaccare le persone e le consegne, quando si poteva mettere loro i bastoni tra le ruote chiamando il ministero del lavoro, o quegli esaltati degli ecologisti? Qualora fosse stata rilevata qualche traccia di irregolarità, sarebbero servite poche telefonate per far chiudere l'azienda.

Qualunque fosse il motivo reale, Travis aveva smesso di parlare e Tammy tirò fuori la richiesta, per leggerla di nuovo. Avevano davanti un lungo cammino e voleva essere sicura di conoscere tutto quello che c'era da sapere sul caso.

Qualche ora più tardi era pronta a distruggere quei fogli. Noiosi e incapaci di darle nuove informazioni, le parve di non avere altra opzione se non mettersi a dormire, il che, visto che aveva dormito poco nel motel – Johnny e Susan avevano mostrato rumorosamente il proprio entusiasmo– non era una cattiva idea. Le poche ore di luce a disposizione di quella parte dell'Alaska se n'erano andate troppo in fretta, lasciandoli in un'oscurità che non le piaceva per niente.

Visto che Boris non sembrava incline a rinunciare alla sua cuccetta, e lei non voleva insistere, fece del suo meglio per mettersi comoda nel seggiolino e fare un riposino. Il che fu più facile del previsto, dato il panorama assolutamente nullo, illuminato solo dai fari, che illuminavano a malapena le conifere che correvano lungo la strada ghiacciata e innevata. Cullata dal rumore del motore e da quelle ombre, si addormentò.

Non fu solo una buca, di cui la strada era piena, a svegliarla, ma il rallentare del camion, che tremò fino a quando non si fermarono completamente.

Gli occhi appiccicosi per il sonno, si passò le mani sul viso e, con uno sbadiglio, chiese, "Perché ci siamo fermati? Siamo già arrivati?". Oppure quello era il momento in cui la previsione di sua madre diveniva reale e Travis si trasformava in un selvaggio uomo di montagna determinato a possederla, mentre Boris grugniva aspettando il suo turno?

"A quanto pare abbiamo una gomma a terra," annunciò Travis.

"Come mai?", mormorò lei. Un ghiacciolo? Ma, data la loro posizione – nel mezzo del nulla – la domanda corretta era, "Come la sistema?"

"Non è facile. Se mi scusa, vado a chiamare l'azienda."

Senza neanche allacciarsi la giacca, Travis saltò giù dal camion; l'improvvisa aria ghiacciata che si infilò in cabina la fece rabbrividire. Quel freddo improvviso fece affiorare una domanda nella sua mente, *Perché esce per chiamare?* Era strano, perché nel camion, caldo e illuminato, c'era un sistema ricetrasmittente perfettamente funzionante. E, inoltre, l'interno della cabina non era spaventoso come l'esterno.

Non riusciva a smettere di tremare per il freddo o, forse, per l'ignota oscurità che aleggiava fuori dal finestrino. Tammy si allacciò la zip della giacca a vento che non si era del tutto sfilata, visto che il conducente, a quanto pareva, preferiva mantenere la cabina fresca e non comodamente riscaldata. Tuttavia, quella morbidezza fatta di piume non riuscì a sciogliere quella sensazione di freddo profetico.

Quanto tempo ci avrebbe messo il camion rimorchio per arrivare e aiutare a cambiare la ruota? Avrebbe dovuto chiamare sua madre attraverso il suo telefono satellitare – per sentirsi dire 'te lo avevo detto'? I lupi che avevano iniziato a ululare, un suono inquietante che le faceva drizzare ogni singolo pelo sul suo corpo, dovevano mandarla in panico? Improvvisamente le impronte di sangue che avevano ritrovato assumevano un significato. Qualora i conducenti fossero stati sbalzati al di fuori del loro camion, quanto avrebbero potuto resistere senza uno scudo o un'arma? Gulp. Benvenuti nella grande natura selvaggia.

Ma, ancora più preoccupante, dove diavolo era finito Travis? Era saltato giù dal camion per chiamare, ma la neve e le ombre annullavano la visibilità fuori dal finestrino. Non riusciva ad individuarlo. "Non sta succedendo davvero," mormorò, pensando che non aveva nessuna arma con sè. Date le strette norme che avevano seguito i fatti dell' 11 settembre, non si era attentata a portare la sua pistola, regolarmente registrata, in aereo. Aveva pensato che avrebbe comunque potuto comprarne una da qualche parte una volta arrivata. Lo avrebbe fatto, se ne avesse avuto il tempo. *Un tempo che avrei dovuto trovare*, pensò rabbrividendo, mentre gli ululati sembravano avvicinarsi.

L'uomo che stava nel retro del veicolo, forse perché sentì gli animali avvicinarsi, o per la mancanza di movimento, si svegliò. Boris affacciò la testa brizzolata attraverso le tendine. "Cosa sta succedendo? Perché ci siamo fermati?"

"Una gomma a terra."

"Dov'è Travis?"

"Da qualche parte, lì fuori. Probabilmente non è un buon posto in cui trovarsi." E indicò gli occhi gialli che in quel momento stavano emergendo dall'oscurità. Lupi. Molti e, finalmente, vide dove si trovava Travis. Apparve illuminato dal bagliore dei fari, mentre si infilava il telefono in tasca, mormorando qualcosa che non riuscì a comprendere dal movimento delle labbra.

Boris lanciò una maledizione a voce bassa. "Dovrei andare ad aiutarlo."

"Aiutarlo? È fuori di testa? E, tanto per saperlo, Travis lo è? Siamo più al sicuro nel camion. Lupi o no, non possono aprire la portiera, né masticare il metallo. Se resteremo nella cabina saremo al sicuro."

"Ottimo piano. Rimanga nel camion." Boris piegò le sue spalle massicce, nel tentativo di infilarsi nella parte anteriore.

Avrebbe voluto chiedere a Boris dove pensava di andare e cosa pensare di fare esattamente, ma in quel momento successe qualcosa di allarmante. Si sporse in avanti. "Perché Travis si sta togliendo la giacca? E gli stivali. Si sta spogliando sul serio?" La sua voce si fece sempre più alta e penetrante, mentre la situazione passava dall'essere strana ad estremamente inquietante.

"Vede, questa è la ragione per cui non mi sposerò mai. Donne! Sempre a fare domande," borbottò Boris. Poi tornò dietro alle tende, e lo sentì cercare qualcosa.

"Cosa sta facendo?" Chiese lei.

"Quello che devo. Dorma, piccola umana."

Dormire? Questo tipo era folle come il suo compagno? Una puntura sulla nuca fece scomparire quello e tutti gli altri pensieri, mentre scivolava nell'oscurità.

CAPITOLO 4

Secondo le coordinate satellitari, Reid era vicino quando ricevette la chiamata di Travis. Non aveva programmato di partire ma la sua pancia – e l'orso che era in lui – lo spinsero a viaggiare sulla strada parallela a quella da cui doveva arrivare la sua prossima consegna. Se c'era una cosa che Reid aveva imparato durante il servizio militare oltreoceano, era ascoltare i suoi istinti. Se lo avvisavano era perché probabilmente avevano bisogno di lui e, per quella ragione, aveva deciso di ascoltare quell'avvertimento.

"Cosa succede, Trav?"

"Capo, abbiamo un problema. Un paio, in realtà. Il più urgente è che ho una gomma a terra."

"Cosa l'ha causato?"

"Nulla che abbia visto."

"Quindi, in altre parole, non sai se è stato intenzionale oppure no."

"No. Ma probabilmente avrò bisogno di aiuto."

"Con la gomma? Sai come cambiare una gomma. C'è Boris che può darti una mano." Quei due avevano abbastanza muscoli per gestire quella situazione.

"La gomma sgonfia non è un problema, e neanche i lupi."

Reid raddrizzò la schiena. "Lupi? Mutaforma o selvatici?"

"Dato che sono piccolo direi selvatici, ma sembrano affamati."

Lo erano sempre in quel periodo dell'anno. "Allora occupatene tu."

"Lo farò. È con l' umana che non so cosa fare."

Quelle parole quasi fecero cadere Reid dalla slitta da neve, e latrò, "Umano? Che cazzo di umano, e che diavolo ci fa nel camion?"

"Per prima cosa, lui è una lei, e non mi ha dato molta scelta quando stamattina si è presentata nel parco dei camion."

La rabbia di Reid cresceva, man mano che Travis gli raccontava, velocemente, chi era e perché stava viaggiando con lui. Si aspettava che qualche agente si sarebbe fatto vivo ad un certo punto, un umano che non avrebbe potuto evitare. Maledetta assicurazione. Ma aveva creduto che almeno lo avrebbero avvisato in qualche modo. Un'imboscata del genere non gli piaceva affatto.

Se era vero che poteva controllare coloro che entravano nella città che gestiva, sfortunatamente non poteva fare lo stesso con le forze esterne, e la necessità di un'assicurazione per poter avere un'impresa era una di esse. In una situazione normale Reid si sarebbe fatto carico del costo di un camion perso e non lo avrebbe segnalato, ma essendo tre e sospettando che i conducenti stessero giocando sporco? Tre erano troppi da nascondere. Senza menzionare il fatto che non avrebbe potuto assorbire la perdita o eliminarli dai libri maestri, almeno non senza richiamare un'attenzione indesiderata. L'IRS, l'agenzia delle entrate, non aveva nessuna pietà.

Reid doveva prendere una decisione in tempo lampo. "Dimenticati quello che ti ho detto prima. Non fare niente. Non possiamo permetterci che questa ragazza scopra cosa sei. Ti manderò una squadra per aiutarti con la gomma."

"E i lupi?"

"Ignorali. Dovrebbero disperdersi con l'arrivo delle slitte degli altri." Reid si incluse in quel gruppo. A volte solo l'odore del suo lato animalesco era abbastanza per far scappare le creature non illuminate. E, invece, i veri mutaforma? Sapevano sempre come scappare quando arrivava con lo sguardo arrabbiato.

"Ignorare i lupi? Già, non avevo pensato che fosse un'opzione."

"Travis!" Reid ruggì il nome di suo cugino. "C'è un'umana che sta vedendo tutto. Torna al camion e stai tranquillo."

"Ah, andiamo cugino. Così non è divertente.."

"Quello che non è divertente è lasciare che la ragazza sappia cosa siamo."

"No, quello che non è divertente è lasciare che la mangino." Il tono di Travis, da beffardo divenne serio. "Ricordi cosa ti ho detto dei lupi, che non erano mutaforma?"

"Sì."

"Beh, a quanto pare ho parlato troppo presto. È arrivato il loro Alfa e, decisamente, non è normale. Devo andare."

Prima che Reid potesse urlargli qualcosa, il telefono ammutolì e Reid quasi lo gettò nel bosco. Ma riuscì a contenersi. Doveva localizzare la posizione di Travis. Inserì le coordinate nel GPS della sua slitta e risultò che si trovava a meno di sette chilometri da suo cugino, i quali si traducevano in pochi minuti sulla sua slitta. Minuti che potevano costare la vita a Travis – e influire su quella di Reid.

Se il suo corpo non fosse ritornato tutto di un pezzo in città, sua zia Betty-Sue lo avrebbe scannato.

Con l'acceleratore al massimo e la ricetrasmittente accesa, la luce rossa attivata, Reid corse a salvarlo. Come si avvicinò all'area, il rumore del suo motore coprì quello della battaglia, ma prima di ciò riuscì a vedere i fari accesi del camion. Reid abbandonò il suo veicolo e si spogliò rapidamente, togliendosi i vestiti creati apposta per cambiarsi velocemente. Solo i mutaforma più stupidi, e con denaro da sprecare, facevano a pezzi il proprio guardaroba.

Nel furore della battaglia, non era facile percepire i singoli eventi. Era tutto un susseguirsi di rumori, movimenti, e rapidi barlumi. Reid saltò, per iniziare a correre, e nel mentre le sue ossa si frantumarono e si riformarono. Ricadde sul terreno su quattro zampe, mentre la sua pelle umana tremante scompariva sotto a uno spesso strato di pelo marrone. Quando aprì la bocca, ora piena di denti affilati, il suo ruglio echeggiò, comunicando a tutti che era arrivato e che non avrebbe dato il tempo ai lupi di digerire; sarebbe piombato su di loro, e li avrebbe fatti a pezzi con le sue gigantesche zampe. Dopo aver dato una rapida occhiata alla situazione, Reid passò all'azione. C'era un grizzly, suo cugino, che aveva un lupo appeso al fianco, i denti serrati, mentre Travis ne stringeva un altro tra le zampe, le mandibole che si chiudevano a scatto, cercando di sferrare il colpo mortale.

Forme pelose che ringhiavano, saltavano e si gettavano una sull'altra. Alcuni di essi pensarono di unirsi contro Reid, ma ci volevano ben più di un gruppetto di lupi grigi spelacchiati per preoccuparlo. Fossero stati un branco di lupi mannari, allora sì che si sarebbe divertito. Ma quei selvatici e minuscoli lupi comuni? Erano come un pezzo di torta all'acero andata a male.

Reid si gettò su di loro, il sapore ramato del sangue sulla lingua. Se si fosse trovato nella sua forma umana, quel sapore lo avrebbe fatto retrocedere, ma la bestia che era in lui invece diede inizio al banchetto. Era lui che governava quelle zone. Era lui che proteggeva il suo clan. E quei meschini bastardi avrebbero assaggiato la sua collera.

Respirò profondamente e un fumo bianco uscì dalle sue narici, mentre interveniva nella battaglia, determinato ad insegnare loro la lezione. Una lezione letale. Con la coda dell'occhio vide di sfuggita un paio di corna. Boris, nella sua massiccia forma di alce, stava calpestando i lupi con i suoi garretti, mentre attaccava di testa, le corna giganti che colpivano il grande lupo che gli grugniva contro.

Aha, il capo.

Reid ignorò quelli che ancora richiamavano la sua

attenzione, e si mosse verso Boris, e il mutaforma che chiaramente era a capo di quell'attacco. Aveva iniziato la sfida, con il suo ululato, aspettando che il lupo alfa lo incontrasse. Doveva ammettere che il bastardo aveva le palle per attaccare il suo camion e le sue persone. Se quello che voleva era concorrere per il comando del suo clan, allora Reid non si sarebbe tirato indietro. Ma il codardo con la pancia gialla non si girò per affrontarlo. Con un acuto guaito, il grande lupo girò la coda, e scappò.

Che cazzo?

Reid fu sul punto di seguirlo. Sicuramente era ciò che desiderava il Kodiak dentro di lui, ma prevalse il buon senso. Travis, che era in realtà poco più grande che un cucciolo, lasciò che l'adrenalina dettasse le sue azioni e si lanciò all'inseguimento del mutaforma, ma Boris intervenne a bloccargli la strada e digrignò i denti. Era buffo come cambiasse poco, che fosse uomo o bestia.

Quando Travis si avvicinò all'imponente alce, Boris cambiò di forma per bloccarlo di nuovo. Come l'ululato dei lupi che scappavano si dissolse, Travis passò alla sua forma umana e gridò, "Che cazzo fate? Perché non stiamo inseguendo quei bastardi?"

Trasformarsi in umano con quel freddo era qualcosa a cui neanche un orso grande come Reid poteva abituarsi. La pelle umana, anche quella di un mutaforma, non era adatta a quel freddo clima invernale, almeno non senza diversi strati di tessuto termico. Non rispose all'invettiva di Travis, dirigendo invece la sua domanda a Boris. "La femmina umana, dov'è?"

Boris, che aveva cambiato di forma come gli altri e si era allungato nella sua forma massiccia, segnata da cicatrici bitorzolute, rispose, "Dorme. Le ho dato un sedativo prima che iniziasse la battaglia. Non ha visto niente."

Almeno Boris aveva dimostrato di avere buon senso. Tutti i camion di Reid erano dotati di frecce tranquillanti, un rimedio che poteva essere più utile delle pistole e delle pallottole, specialmente quando dovevano catturare qualcuno e interrogarlo, o se un mutaforma si ubriacava in città e aveva bisogno di un sedativo. L'alcool non solo annullava le inibizioni e scioglieva la lingua. A volte risvegliava la bestia che si annidava nel corpo.

Il freddo fece del suo meglio per rubare il calore dal suo corpo, mentre tornava alla sua slitta e alla pila dei suoi vestiti. Prima si accertò di eliminare la maggior parte del sangue presente sulla sua pelle, e poi si vestì, con calma, mentre Travis, che ancora urlava, si adattava al clima e si infilava nuovamente i propri abiti.

Reid salì sulla sua moto, diede gas e si portò al lato del camion. La lasciò, e osservò suo cugino, che sospirava e sbuffava, ancora irritato, ma abbastanza tranquillo.

"Stai per avere uno scatto d'ira?" Chiese Reid a bassa voce.

Travis aprì la bocca – doveva aver visto qualcosa nel viso di Reid – ma poi la richiuse, limitandosi a scuotere il capo.

"Bene. Prima di tutto, la prossima volta che disobbedisci a un mio ordine diretto, famiglia o no, ti darò tanti calci nel culo che non potrai sederti per una settimana. Ti avevo detto di salire su questo dannato camion e aspettarmi."

"Eravamo sotto attacco."

"E tu ti ci sei ficcato in mezzo, senza aspettare i

rinforzi e senza pensare. E se nei boschi ci fossero stati degli uomini armati? O altri mutaforma?"

"Non c'erano, e c'era Boris con me."

"Non è questo il punto, avrebbero potuto esserci. E l'umana?"

"Sta dormendo."

"Lo sapevi prima si spogliarti e trasformarti in un orso?"

La sua espressione imbarazzata e la testa bassa parlarono per lui.

"Stupido. Incredibilmente stupido."

Il ragazzo non sapeva ritirarsi quando ancora era tutto di un pezzo. La sua espressione imbronciata assunse una vena rabbiosa, quando rispose, "Quindi cosa avrei dovuto fare? Chiudere le portiere e fare finta che non fossero lì?"

"Sì. Avrebbe funzionato. Magari urlare e fare un po' di sceneggiata con la ragazza umana. È quello che fanno le persone normali. Invece, ti sei comportato da stupido, e abbiamo dovuto adottare misure drastiche." Beh, non così drastiche, ma comunque difficili da spiegare. Ora Reid doveva trovare una scusa da raccontare alla donna quando si fosse svegliata.

"Così stupido da lasciarli scappare? Perché diavolo non hai lasciato che li seguissi?" Travis non aveva ancora intenzione di ammettere che si era sbagliato. Giovane scemo.

Reid aggrottò la fronte. "Mi stai davvero chiedendo il perché? Vediamo. Camminare al buio, inseguendo un licantropo e il suo branco che, per quanto ne sai, facevano parte di un gruppo più grande. Lasciare il camion, il rimorchio, senza considerare l'umana, senza protezione, sempre senza sapere se c'era un gruppo più grande in attesa nell'ombra. Può essere che tu sia rapido, cugino, ma non abbastanza."

Ad ogni parola di Reid l'espressione ribelle di Travis si rilassava e quando disse, "Mi dispiace, Reid. Non ho pensato a nulla di tutto ciò", si era trasformato in un orsacchiotto mansueto.

"Certo che no," annunciò Boris, con una pacca sulla schiena del ragazzo, che quasi lo fece volare via. "Ecco perché il capo del nostro clan è Reid e non uno di noi, servi con il cervello grande come una noce."

Reid sbuffò. "Servi? Davvero?"

"Avrei dovuto dire piuttosto sostenitori?" Chiese l'uomo, solitamente taciturno, sorprendendolo con quella domanda. Qualcuno era di buon'umore, probabilmente per la recente battaglia. Il sorrisetto furbo di Boris quasi ne strappò uno a Reid.

"Cosa ne pensi se invece non chiamiamo in nessun modo la gente che cerco di guidare?" A parte rompipalle, quando non lo ascoltavano.

"Vado a prendere gli attrezzi per cambiare la ruota."

"Ti do una mano," si offrì Travis.

"Immagino che io dovrò controllare l'umana," Reid aggiunse, con una smorfia. Almeno Boris aveva avuto il buon senso di addormentarla, nonostante il fatto che ora avrebbe dovuto spiegarle il suo improvviso sonnellino, e non avesse idea di cosa raccontarle.

La portiera del passeggero non era chiusa a chiave e, quando Reid la aprì, riuscì ad afferrarla al volo prima che cadesse. O, per lo meno, suppose che ci fosse una donna nascosta sotto a quella spessa giacca a vento rossa. Era difficile da individuare con tutta quell'imbottitura.

Un profumo alla vaniglia gli pizzicò il naso, un odore femminile che risvegliò il suo più profondo interesse da orso. Orso che reagì con un ruglio di felicità, ma Reid non gli prestò molta attenzione, visto che era lo stesso che faceva quando sua nonna gli preparava il suo famoso stufato, con tanto di sugo. Eppure...l'orso che era in lui non aveva mai pensato che un umano potesse avere un odore tanto delizioso. *Le persone non si mangiano.* Era la prima lezione che un mutaforma doveva imparare, subito dopo aver appreso che non si leccano le prese elettriche.

Mentre Reid sosteneva il suo corpo rilassato con un braccio, la curiosità lo spinse a spostare i capelli ricci che le coprivano il volto, con le dita coperte del guanto. Umana o no, era carina, non proprio quella che i giornali avrebbero definito una bellezza. Tuttavia, lo attraeva, con quelle lentiggini chiare che si sparpagliavano sul ponte del suo naso. Le piaceva anche il suo naso camuso, le guance rotonde, e quella bocca piccola come un bocciolo di rosa. Aveva la pelle morbida e le ciglia lunghe, che le sfioravano le pallide gancie mentre dormiva, facendogli domandare di che colore fossero i suoi occhi.

Quando la sollevò tra le sue braccia, notò che era una donna leggermente in sovrappeso, dotata di carne intorno alle ossa – una cosa che l'orso in lui gradiva di cuore. Un uomo della sua staffa non trovava attraenti le ragazze scheletriche. Preferiva tuffarsi in donne robuste.

Ma, parlando di cose attraenti, perché diavolo la stava studiando in quel modo? L'umana si trovava lì per indagare su di lui e la sua impresa. Non era materiale da appuntamento. Neanche per sogno, nonostante al suo orso piacesse il suo profumo.

Mentre la trasportava, passando al lato del camion, vide Travis e Boris che prelevavano gli attrezzi per mettere di nuovo in marcia il veicolo. A quella distanza, poteva sentire il ronzio delle motoslitte che si avvicinavano. Stavano arrivando i rinforzi e, no, non stava tirando ad indovinare. Aveva riconosciuto il distintivo, "Yuuhu!" che Brody gridava quando salutava.

"I ragazzi stanno arrivando, il che significa che me ne posso andare."

"La porti con te?" Chiese Boris.

Abbassò lo sguardo per osservarla e, senza sapere il perché, Reid rispose immediatamente, "Sì. Prima arrivo al Kodiak Point, prima starà a salvo."

Se Boris e Travis notarono l'illogicità della sua frase, non lo dissero però a voce alta. Il che fu positivo, perché diversamente Reid sarebbe stato costretto a spiegare come lui, solo, su una motoslitta con un'umana incosciente, a due ore dalla città, senza sapere cosa avrebbe incontrato lungo il cammino, le avrebbe garantito maggiore protezione rispetto al terminare la corsa nel camion con i suoi uomini.

Apparentemente la sua decisione non aveva nessun senso, ma ciò non gli impedì di prendere una grossa corda dalla valigetta, legarla al suo petto, il volto rivolto verso di lui, le gambe ancorate alle sue, e di dirigersi verso casa sulla propria slitta.

Una volta arrivati, non riuscì a spiegarsi perché, invece che portarla al piccolo motel in città, l'aveva portata a casa sua. Non nel suo letto, attenzione, ma nella stanza vicino, giusto sull'altro lato del corridoio.

Aveva messo una croce sopra all'opzione di toglierle i vestiti di dosso. Soprattutto perché sua nonna, che viveva con lui, lo aveva cacciato dalla stanza, dicendo, "Esci, palla di pelo spelacchiata, mentre io la metto comoda."

"Perché non posso aiutarti?"

Le labbra serrate, sua nonna sbuffò. "Perché è inappropriato."

Considerati i suoi pensieri quando aveva visto il suo corpo sinuoso senza la giacca, Reid non poteva che essere d'accordo con lei. Nonostante il fatto che fosse umana e che fosse inappropriato, le idee che avevano attraversato la sua mente erano decisamente indecenti.

Ma c'era davvero bisogno che sua nonna lo sbattesse fuori e gli sbattesse la porta in faccia?

CAPITOLO 5

Quando Tammy si svegliò in quello strano letto, si stirò e non andò in panico fino a quando non si ricordò gli ultimi momenti che aveva vissuto prima di addormentarsi.

Lupi!

Non appena il panico si impossessò di lei, saltò a sedere. Rapidamente, la nebbia che le offuscava la mente si dipanò, e notò immediatamente che non solo non c'era nessun lupo in vista, ma che sembrava essere tutta d'un pezzo – nonostante la sua memoria fosse discutibile. La cosa strana era che indossava solo la maglietta e la calzamaglia intera.

Qualcuno l'aveva spogliata!

Qualcuno l'aveva portata lì, nonostante non avesse idea di dove fosse lì.

E qualcuno l'aveva drogata.

Uhm, già, quell'ultima parte batteva tutte le altre osservazioni.

Appoggiò il piede nudo sul tappeto accanto al letto e si guardò intorno. *Mi trovo in una stanza da letto*. Un'osservazione brillante, considerato il letto matrimoniale con la testata in ottone, il comodino in legno, la sedia con lo schienale dritto su cui si trovavano in suoi vestiti mancanti, e un'alta cassettiera di legno, su cui stavano appoggiate una lanterna a cherosene e una statuetta intagliata che raffigurava un orso che ringhiava, seduto sulle zampe. Le pareti erano di legno, niente intonaco, tronchi lisci di legno senza fessure. Se avesse dovuto indovinare, avrebbe detto che si trovava in casa di qualcuno, ma di chi?

La prima porta che aprì dava su una cabina armadio dagli scaffali vuoti. La seguente che provò era quella di un bagno. Entrò, richiuse la porta, usò il servizio e poi il lavandino per sciacquarsi il viso. Fu solo mentre si asciugava la pelle che guardò la sua immagine riflessa. Lentiggini, capelli scombinati, e naso sporgente: tutto in ordine. Nessun segno di attacco.

Si passò le mani sul corpo, per controllarne le varie parti, e verificò che indossava ancora lo stesso reggiseno, le mutandine, e la calzamaglia intera che aveva comprato nella sezione maschile di Walmart. Si sentì alleviata dal fatto che non notava nessun fastidio alle parti intime.

Non sembrava aver sofferto nessun tipo di assalto. Allora, cos'era successo? Sapeva che il suo sonno non era stato naturale, ma perché esattamente Boris – doveva essere stato lui, visto che ricordava perfettamente Travis fuori dal camion mentre si spogliava, il che era stato ancora più strano – l'aveva drogata? Faceva parte del sabotaggio dei camion, e della serie di furti dei carichi?

Aveva un milione di domande, a cui non avrebbe trovato risposta fino a quando fosse rimasta a fissarsi allo specchio. Uscì dal bagno e, prima di sfilarsi la calzamaglia e l'intimo per cambiarsi, si assicurò che la porta fosse chiusa.

Poi, dopo aver respirato profondamente per calmare i nervi, andò alla ricerca di risposte – e del suo telefono, che non si trovava da nessuna parte nella stanza. Così come la sua giacca, gli stivali, e la borsa.

Ancora una volta, desiderò aver comprato un'arma. *È l'ultima volta che esco di casa senza una pistola.*

La porta si aprì senza fare rumore, i cardini non emisero neppure il più piccolo dei cigolii, e si infilò nel corridoio oscuro, illuminato solo dalla luce che veniva dalle scale. Avanzò trattenendo il respiro e tenendo le orecchie tese per cogliere il più piccolo rumore, mentre i suoi piedi, coperti dalle calze, avanzavano silenziosamente sul pavimento di moquette.

Quindi, ovviamente, quando qualcuno dietro di lei disse, a voce bassa, "Va da qualche parte?" iniziò ad urlare e fece ciò che qualsiasi brava ragazza di città avrebbe fatto. Si voltò con il pugno dritto per colpire.

Il suo pugno serrato urtò il muro di mattoni.

Ahi!

Con uno strillo, ritirò la mano e poi restò a fissare il petto che aveva cercato di colpire, che più di un petto era una barriera impenetrabile. E grande.

Alzò lo sguardo, sempre di più, e cazzo, ancora di più, e infine vide l'espressione non proprio divertita del gigante.

Ben fatto. Fare arrabbiare quello spaventoso ragazzone. "Uhm, salve?" Disse con esitazione.

"Se questo è il modo in cui si presenta agli sconosciuti, non voglio sapere cosa dice quando li saluta. È tipico della gente di città cercare di colpire i propri anfitrioni?" Chiese, con chiaro sarcasmo.

"Solo quando l'anfitrione ha la cattiva abitudine di avvicinarsi di nascosto a una donna e spaventarla a morte," ribatté.

"Visto che è ancora viva, e io non mi stavo nascondendo, non so di cosa stia parlando."

La sua stazza, senza parlare del suo temperamento – rude e a tratti arrogante – la destabilizzò. Visto che perdere il controllo non le piaceva, e il cuore le batteva ancora forte per lo spavento, andò all'attacco. "Chi è lei, e dove mi trovo?" chiese.

"Sono Reid Carver, e si trova in casa mia."

Quel nome le accese una lampadina – un allarme. "È il proprietario della Beark Enterprises, giusto?"

Lui annuì.

"Sono qui per indagare su di lei." Niente di meglio che parlare schiettamente per capire se poteva prenderlo alla sprovvista.

Non funzionò. Le sue labbra, che ora non poteva evitare di notare e che erano piene e sensuali, si arricciarono in un sorrisetto divertito, che calzava a pennello con la sua mandibola quadrata e i lineamenti duri. L'uomo che in quel momento la sovrastava non era esattamente una bellezza da copertina, ma era attraente, troppo attraente, se ti piacciono gli uomini rudi, dall'aspetto selvaggio.

Non accadeva spesso che Tammy incontrasse un uomo capace di farla sentire piccola. O che potesse farla arrossire solo guardandola dalla punta dei suoi calzini di lana, alla cima della sua zazzera ricciuluta.

"Le dispiace evitare di fissarmi?", chiese, incrociando le braccia al petto.

"Perché no? Ha già espresso la sua intenzione di indagare. Mi sembra corretto fare lo stesso."

"Ma non sono io la persona che possibilmente nasconde qualcosa." A parte il suo debole per le barrette al cioccolato e il gelato.

Lui alzò le mani e girò su se stesso perché lei potesse osservarlo. "Ad ogni modo, mi ispezioni pure. Non ho nulla da nascondere."

Nulla a parte ciò che lei giudicava essere un eccesso di muscoli. La sua camicia a quadri si stirava sulle spalle incredibilmente ampie, mentre i jeans gli calzavano a pennello, sottolineando le cosce, grosse e definite. Se la sua missione fosse stata quella di incontrare un corpo eccitante, avrebbe avuto successo, ma lei non si trovava lì per piacere.

"Cos'è successo al camion su cui stavo viaggiando? Dove sono Travis e Boris? Perché sono stata drogata? Cosa mi è successo mentre dormivo? Perché sono qui? Dov'è qui, e non mi ripeta che è casa sua. Dov'è il mio telefono? Cosa – "

Sotto quel fuoco di domande, lui alzò una mano. "Rallenti, donna."

"Donna?" Alzò un sopracciglio. "Mi chiamo Tamara Roberts, e sono qui per rappresentare –"

La interruppe. "So chi è e perché si trova qui. Per

indagare me. E capisco che abbia delle domande, ma potremmo affrontarle una alla volta, magari in un luogo più confortevole del corridoio al primo piano?"

"Non andrò da nessuna parte fino a quando non avrò ripreso possesso del mio cellulare e non avrò chiamato l'ufficio per informarli che sono arrivata." *E con chi mi trovo, nel caso sparisca e debbano cercare il mio corpo.*

"Non so dov'è il suo telefono. Probabilmente mia nonna ha messo da parte la sua giacca e le sue cose."

Tutte scuse. Non era chiaro? Prima che potesse accusarlo di qualsiasi cosa, lui tirò fuori un telefono dalla tasca e glielo porse. "Può usare il mio."

Lei lo agguantò, tenendo per sé la curiosità per quell'uomo che viveva con la propria nonna, e digitò immediatamente il numero di sua madre. Lo ignorò, mentre scendeva i gradini, cercando di mettere un po' di distanza tra sé e quel gigante. Ma non ebbe successo, visto che avrebbe potuto giurare di sentire i suoi occhi sulla sua schiena, ma almeno non cercò di fermarla.

Sua madre rispose con uno squillante, "Pronto."

"Mamma, sono io."

"Tammy. Era ora che chiamassi." Il sollievo di sua madre era evidente. "Da che telefono chiami? Risulta un numero privato."

"Volevo solo farti sapere che sono arrivata, sana e salva," più o meno, "e attualmente mi trovo in casa di Reid Carver."

"Non è l'uomo su cui stai indagando?"

"Non lui, la sua impresa. Ascolta, ora non posso stare al telefono." E neppure il tempo di ascoltare la tiritera di sua madre, specialmente nel caso in cui avesse menzionato i lupi e tutto il resto. "Volevo solo farti sapere che sto bene e che ti chiamerò più tardi."

"Ma-"

"Ti voglio bene, mamma, ciao."

Chiuse la chiamata e roteò nell'ingresso, emettendo uno stridio, mentre ancora una volta quel colosso le si avvicinava silenziosamente.

"Potrebbe smettere di farlo?"

"Fare cosa?", chiese con un sorriso.

Lo guardò, sospettosa. Lui cercò di sembrare innocente, ma fallì. Nessun uomo della sua stazza poteva evitare di apparire minaccioso, a meno che non lo fosse davvero. "Oh, non importa. Siamo usciti dal corridoio. Ora le dispiacerebbe rispondere a qualche domanda?"

"Non ancora. Abbiamo solo scambiato il corridoio del piano di sopra per quello del piano terra. Mi segua, e la accompagnerò in una stanza con sgabelli e sedie. O preferisce farmi stare in piedi mentre mi sottopone all'inquisizione? Forse vuole che vada a prenderle una lampada da interrogatorio?"

Signor so-tutto-io. "Io non definirei inquisizione il desiderio di ricevere risposte," brontolò lei, mentre seguiva la sua grande schiena attraverso un'arcata, che dava a un'ampia cucina, illuminata da una miriade di luci ad incasso.

Benedetto tempio culinario. Per una persona come Tammy, dotata di un sano appetito e a cui piaceva cucinare tanto quanto mangiare, era impossibile non sbavare su quella cucina da sogno.

I mobili in pino chiaro andavano dal pavimento al soffitto, e formavano una U, interrotta solo da una cucina gigante – sicuramente dotata di più fornelli di quelli permessi dal codice sugli incendi – e un frigo che era probabilmente più largo dell'entrata di casa sua. Una finestra panoramica sopra al lavandino rifletté la sua immagine, e chiuse di scatto la bocca.

Dato il lusso di quella cucina, era chiaro che quell'uomo era ricco sfondato e, benchè il dossier su di lui non menzionasse nulla al riguardo, ciò non significava che non cucinasse o non avesse qualcuno che lo faceva per lui. *Non dimentichiamoci che l'assicurazione della sua azienda chiede solo di fornire informazioni sul proprio stato civile. Per quanto ne so, è probabile che abbia una ragazza e una mezza dozzina di figli.* Comunque, fosse stato così, si augurava che almeno le loro teste somigliassero a quella della madre. Il pensiero di mettere alla luce un figlio suo, mutante e sicuramente grande, era un pensiero che sicuramente avrebbe portato qualunque ragazza a pensarci due volte prima di creare qualcosa di serio con lui.

"Si sieda mentre io preparo qualcosa da mangiare," si offrì, indicando uno sgabello di fronte alla grande isola ricoperta di marmo verde variegato.

Si sedette e lo osservò, mentre apriva il grande frigorifero a due porte ed estraeva un vassoio pieno di contenitori e condimenti. Quindi non era completamente inutile in cucina, il che era buono a sapersi, anche se non la cosa più importante, nonostante il suo stomaco brontolasse.

"Sta cercando di rimandare l'assunto?", chiese.

Reid smise di affettare il pomodoro e la fissò. "No. Sono affamato, e scommetto che lo è anche lei. È stato un viaggio lungo. Si senta libera di torchiarmi, mentre preparo qualche panino."

"Iniziamo dal motivo per cui i suoi conducenti mi hanno drogato", disse, come avesse appena sparato un colpo, ma resistendo al desiderio di stendere il dito come fosse una pistola e soffiare sulla canna.

"Ah, sì, uno sfortunato incidente. Quando Boris ha visto i lupi ha afferrato la pistola tranquillante che teniamo in tutti i camion. Per qualche ragione era vuota, e mentre cercava di caricarla gli è partita la freccia. Quel colpo sfortunato l'ha colpita."

"Sta scherzando, vero?"

"Perché dovrei scherzare? Può chiedere a chiunque mi conosca. Io non scherzo mai."

"Chi diavolo tiene dei dardi tranquillizzanti in un camion?" A parte un pervertito incapace di ottenere un appuntamento con una donna.

"Nel caso non l'abbia notato, viviamo in una zona piuttosto selvaggia del mondo, una in cui gli animali selvatici fanno ancora diverse escursioni. Visto che preferiamo preservare la fauna selvatica quando è possibile, abbiamo adottato alcuni metodi, metodi umani, per risolvere i problemi che i nostri conducenti potrebbero incontrare lungo il cammino. Addormentare i predatori invece che ucciderli ne è un esempio."

"Quindi cosa, aveva intenzione di colpire tutti i lupi che si trovavano sulla strada?". Non riusciva a nascondere la sua incredulità.

Reid si strinse nelle spalle, mentre tagliava la lattuga. "Non capisco perché le sembri così incredibile. E ricordi che Boris non poteva sapere quanti ce n'erano in realtà.

Boris quando ha capito che c'erano dei lupi ha pensato di fare la cosa corretta, ma si era appena svegliato, era ancora intontito, ed è stato maldestro."

L'uomo non si degnava neanche di guardarla mentre le raccontava, con calma, il momento della sua sedazione. No, freddo come un cocomero, tagliò una spessa fetta di pane, così fresco che la crosta croccava e emetteva il più paradisiaco dei profumi, aumentando la salivazione di Tammy. A proposito di lotta ad armi impari.

"Diciamo per un momento che creda alla sua ridicola storia. Come diavolo spiega che Travis mentre andava ad affrontare i lupi si stava spogliando?"

"È sicura che fosse quello che stava facendo?", chiese Reid, mentre spalmava il pane con burro, e poi maionese, per poi completarlo con pomodoro e lattuga.

"Che spiegazione *plausibile* ha per me adesso?", domandò, gli occhi fissi sul panino che lui stava montando – Formaggio svizzero, un grosso pezzo di prosciutto, fette di cheddar, e fette di pancetta precotta.

"Stava cercando di prendere la pistola che teneva sul fianco, una pistola lanciarazzi, che stupidamente aveva messo sotto alla giacca e al maglione. Immagino che un passeggero inaspettato lo abbia colto completamente alla sprovvista. Di solito non è così sbadato."

Carino. Stava cercando di dare la colpa a lei. Tammy conosceva quei trucchi. Anche il suo ex fidanzato usava quella tattica. "Ok, quindi Travis stava cercando la sua fondina nascosta. Boris stava cercando di addormentare i lupi. Cos'è successo dopo che mi sono addormentata?"

"Non molto. Travis ha sparato il lanciarazzi, che ha spaventato i lupi. Un paio dei miei impiegati li hanno raggiunti per aiutarli a cambiare la gomma e hanno terminato il tragitto."

"Quindi il camion è qui? Il carico è intatto?", chiese.

"Certamente. Se vuole, può andare a vederlo lei stessa."

Apparentemente, tutto aveva senso, eppure quelle risposte banali la infastidivano. Non aveva mai sentito di qualcuno che si portasse dietro dei dardi tranquillizzanti. Pistole, certo, per protezione, ma dardi tranquillizzanti?

"Allora deve ancora dirmi perché sono qui in casa sua, invece che in un motel?"

"A quanto pare la sua prenotazione è stata accidentalmente cancellata. Visto che in città non ci sono posti, non essendo un luogo molto turistico, e considerata che dopotutto si trova qui per indagare su di me, ho pensato che non ci fosse un posto migliore di casa mia per tenere d'occhio le mie attività. Ho fin troppo posto qui."

In teoria, sì. Tutte le stanze sembravano spaziose, eppure la sua sola presenza la schiacciava e la riempiva tanto da renderle difficile respirare. Fece scivolare di fronte a lei un piatto con un panino degno di Shaggy Rogers.

"Si aspetta che me lo mangi tutto?". Osservò quell'offerta gigante con sguardo affamato. La verità era che avrebbe potuto divorarlo – e voleva farlo. Ma era sorpresa dal fatto che lui non le offrisse qualcosa di più piccolo e leggero. Era quello che di solito facevano i ragazzi. Vuoi un'insalata? Magari dei fiocchi di latte e della frutta? La maggioranza degli uomini parevano pensare che lei fosse a dieta.

"Se non lo vuole, lo mangio io. Sono sempre affamato."

Il modo in cui lo disse le fece alzare improvvisamente lo sguardo su di lui, ma lui non le stava prestando alcuna attenzione, mentre sollevava quel miscuglio per morderlo.

Il suo stomaco brontolò. Al diavolo. Chi se ne importava di quello che poteva pensare delle sue abitudini alimentari? Prese il panino fra le mani, se lo portò alla bocca e ci affondò i denti. Mmm...

Evidentemente aveva espresso quella sensazione di piacere a voce alta, perché Reid disse, "Buono?"

"Meglio del sesso."

Ops. Probabilmente avrebbe dovuto tenersi quel commento per sé, perché quella semplice osservazione fece andare il boccone di traverso a quel gigante.

CAPITOLO 6

Reid non era più in pericolo di morte per soffocamento, ma a quanto pareva quell'umana non lo capiva, visto che continuava a stargli attaccata, facendo del suo meglio per circondargli il petto e stringerlo.

Lo faceva solo tossire e soffocare di più, questa volta per le risate. Nella sua ilarità, riuscì a dire, "Cosa stai facendo?"

"Salvarti la vita."

"Credo che sopravvivrò."

Sopravvivere sì, ma permetterle di allontanarsi, no. Nel momento in cui stava per smettere di abbracciarlo, lui mise le sue mani su quelle di lei, e le tenne ferme, un tocco della pelle che aumentò la sensazione di vicinanza. Qualcosa di questa ragazza di città lo attirava. Allettava sia la sua parte umana che il suo orso.

Mentre erano ancora fermi, riuscì a sentire il cambio del battito cardiaco di lei. Batteva rapidamente e sobbalzava, mentre lui faceva correre il pollice sulla pelle soffice delle sue mani. Si girò, fino a quando non fu in grado di abbassare lo sguardo e guardarla. Lei aggrottò un sopracciglio e, di nuovo, cercò di allontanarsi, ma lui la afferrò per i polsi, incapace, per qualche ragione, di lasciarla andare.

"Cosa fai?" chiese.

Non lo so. Spesso le sue azioni erano dettate dall'istinto, piuttosto che dalla logica. Ma non lo ammetteva a voce alta. "Fai sempre tante domande?"

"Solo quando cerco di capire quello che succede."

"Non è ovvio?"

Lo sguardo di lei si tinse di confusione. "No."

Non riusciva a sentire l'attrazione che esisteva tra loro? Ovviamente no. Era una semplice umana. Non poteva sapere quanto il suo orso si rallegrasse della sua vicinanza. Come lo attirava il suo profumo. Il desiderio che sentiva di possedere il suo corpo.

Che accidenti non va in me?

EVIDENTEMENTE SUA NONNA si stava chiedendo la stessa cosa. "Reid Montgomery Carver, perché stai maltrattando la nostra ospite?"

Ops, colto con le mani nel sacco, perso in pensieri impuri e riportato alla realtà. *Cosa sto facendo?*

La ragazza di città saltò, e Reid lasciò andare le sue mani. Tamara mise immediatamente una distanza tra loro, e si girò per guardare sua nonna. "Perché tutti arrivano sgattaiolando qui?", esclamò.

Sua nonna sorrise. "Bambina, abbiamo solo il passo

leggero. Vedo che ti sei ripresa dal tuo sfortunato incidente."

"Sì, signora. Anche se faccio fatica a chiamare incidente il fatto che mi abbiano sedata", disse, con uno sguardo sospetto nella sua direzione.

"Non chiamarmi signora. Mi chiamo Ursula, ma tutti mi chiamano Ursa, la mamma orso."

Se solo la ragazza di città avesse saputo quanto erano vere quelle parole. Ursa era davvero una mamma orso, e la matriarca del clan. Anche se lui avrebbe aggiunto a quel titolo quelli meno ufficiali di mestolo di legno malefico e campionessa di tiro all'orecchio.

"Sono Tammy. Sono con –"

"La compagnia di assicurazioni. Sì, Travis ce lo ha detto, e siamo felici che tu sia venuta. Questi ladri e questa tragedia hanno devastato completamente la nostra piccola comunità. Il povero Reid, qui, si agitato parecchio, cercando di scoprire il modo per far sopravvivere gli affari fino a quando non si saranno chiarite le cose."

Agitato? Reid non si disturbò a rispondere a quella esagerazione, ma preferì invece dare un altro morso al suo panino. Se non era in grado di soddisfare uno dei suoi appetiti, allora tanto valeva occuparsi dell'altro.

"Sì, beh, non sono qui per risolvere un crimine," balbettò Tammy. "Piuttosto per giudicare il diritto dell'azienda a richiedere il risarcimento."

"Certo che non sei qui per risolvere il problema. Una cosina delicata come te non dovrebbe occuparsi di crimini tanto violenti."

Questa volta toccò a Tammy strozzarsi con il boccone di panino.

"Oh Signore, bambina, stai bene?", chiese sua nonna, battendole forte la mano sulla schiena.

Con la voce mezza strozzata, Tammy riuscì a dire in un rantolo, "Sì, bene. Mi è andato di traverso."

Ah. Suonava ancora di più come una vittima grazie a sua nonna e alle sue parole dirette. Probabilmente la ragazza di città aveva pensato di essere la migliore quando si trattava di parlare senza freni, ma sua nonna aveva preso le redini in mano.

"Vedo che Reid ti ha preparato un sandwich. Bravo ragazzo. Anche se a quanto pare si è dimenticato di darti qualcosa da bere." E sua nonna, in un battito di ciglia, servì alla loro ospite un grande bicchiere di latte. "Una volta finito il sandwich, ti aspetta una torta appena sfornata."

"Torta?" Tammy chiese debolmente, prima di dare un altro morso.

"Sì, torta di mele, con zucchero di canna e cannella. Se ti piace, posso riscaldarla e aggiungere una pallina di gelato. È come piace a Reid."

Qualunque altra domanda Tammy potesse avere, fu seppellita al di sotto delle continue chiacchiere di sua nonna e al cibo. Era chiaro che nessuno in quella casa pativa la fame.

Con sorpresa di Reid, Tammy, una volta superato lo shock iniziale, riuscì a sopravvivere, non solo al cibo, ma anche a una valanga di domande. Sembrava più un'inquisizione, a cui Reid stava prestando fin troppa attenzione.

"Quanti fratelli e sorelle hai?"

"Nessuno. Sfortunatamente." Tammy disse, con un'espressione strana sul viso.

"Perché sfortunatamente?", indagò la sua Ursa.

"Perché lascia a mia madre troppo tempo per mettersi nella mia vita, per cercare consigli su Google, e fare ricerche sui crimini contro le donne single."

"Quindi non hai una relazione?"

"Oh no, e continuerò a non averla," fu la veemente risposta di Tammy, mentre con il cucchiaio raccoglieva la torta e la inzuppava nel gelato alla vaniglia, per poi infilarsela in bocca.

Stava di nuovo mugolando? Un suono di piacere così sexy che –

Una gomitata ben piazzata nei reni riportò la sua attenzione a quello che diceva sua madre, "Brutta esperienza?"

"Dipende dalla tua definizione di brutta. Il mio ex fidanzato era un bugiardo, traditore, stronzo che pensava che dovessi mangiare insalata ad ogni pasto."

Reid non resistette al desiderio di ribattere, "Lo hai mollato perché voleva che mangiassi come un coniglio?"

"Non è un pasto se nel piatto non ci sono proteine."

Reid quasi applaudì. Erano troppe le donne ossessionate dal proprio peso o, meglio, dal tentativo di non aumentarlo. Apprezzava una donna con una visione differente e, ancora meglio, che la applicasse alla sua vita. Quando Tammy porse il piatto della torta a sua nonna, era vuoto.

"Hai anche accennato a qualcosa sul tradimento?", la sua orsa indagò, mentre risciacquava il piatto.

"A quanto pare, viveva con l'errata convinzione di non dover praticare la fedeltà nei miei confronti. Ha pensato male."

"Reid non tradisce. Anche se ha comunque il suo carattere. O meglio, si potrebbe dire che quando si arrabbia si trasforma in un orso." Mentre parlava, sua nonna gli rivolse un sorriso.

Tuttavia Tammy non si accorse del gioco di parole. Perché avrebbe dovuto? Gli umani non credevano nei mutaforma e i clan non vedevano alcuna ragione perché ciò cambiasse.

"Non c'è nulla di male ad arrabbiarsi, quando si è giustificati," disse Tammy.

"Come colpire qualcuno con un pugno perché si pensa che sia arrivato di soppiatto?", interruppe Reid.

"Non è stato un gesto d'ira, ma di auto-preservazione."

Quindi gettarsela sulle spalle e portarla fino alla sua stanza, avrebbe potuto essere parte dell' auto-preservazione? Perché iniziava a farsi domande rispetto al proprio stato mentale. Sicuramente nascondeva alcune visioni interessanti rispetto a ciò che avrebbero fatto, e ciò non includeva stare con sua nonna in una cucina, intento a distruggere gli uomini e discutendo di quale fosse la migliore forma di vendetta.

"Dovrei andare in ufficio," annunciò lui.

"Ufficio? Ma è buio," osservò Tammy.

"Benvenuta al nord. Ti sei appena persa la dose giornaliera di sole."

"Che ore sono? L' ultima volta che ho controllato era quasi ora di cena."

"Hai dormito per tutta la notte e la mattina. In realtà sono le due del pomeriggio passate."

"Le due? Vuoi dire che ho dormito praticamente tutto il giorno?"

Si strinse nelle spalle. "Immagino fossi stanca."

"Ero stata drogata."

"Non così tanto."

Lei lo guardò.

Sua nonna ridacchiò. "Fate i bravi, bambini. Non ha senso discutere per quello. Ciò che è fatto è fatto. Bisogna superarlo."

Ciò funzionava con Reid. Specialmente da quando invece che innervosirlo con la sua sfida verbale, la ragazza di città faceva emergere in lui altre cose. "Andrò in ufficio a prendere alcune cose e giù alle sedi."

"Lavori da casa?"

"Di solito no, anche se ho un ufficio in casa. Stamattina sarei dovuto andare a lavorare, ma non volevo che ti svegliassi da sola mentre mia nonna era in giro per qualche commissione, quindi mi sono offerto di fare da babysitter."

"Sono una ragazza grande. Avresti potuto lasciarmi una nota."

"Ma una nota non ti avrebbe dato da mangiare, e non ti avrebbe fornito le risposte di cui avevi bisogno."

"Allora immagino di doverti ringraziare." Lo disse a denti stretti, ma lui lo preferì all'eccesso di disonestà.

"Visto che ora sei sveglia, e Ursa è tornata, andrò in ufficio. Devo controllare alcune cose."

Lei scese dallo sgabello. "Se te ne vai, vengo con te. Sai, per dare un'occhiata alla tua base operativa. Magari per parlare con alcuni impiegati."

Non capiva che lui stava cercando una scusa per

scappare da lei, per non starle vicino? La cosa peggiore? Non poteva dirle di no, perché altrimenti probabilmente lei lo avrebbe accusato di avere qualcosa da nascondere.

Già, una erezione gigante.

Prima che potesse pensare a una scusa plausibile, sua nonna, che per qualche ragione pareva determinata a lavorare contro di lui, aveva fatto indossare a Tammy la sua ridicola giacca a vento rossa, l'aveva dotata di un casco approvato dalla Dot e l'aveva fatta salire sulla motoslitta, le braccia strette intorno alla sua vita. Avrebbe potuto prendere il suo camion, ma per riscaldarsi ci avrebbe messo tanto tempo che non ne sarebbe valsa la pena. Ma la prossima volta lo avrebbe comunque provato, perché il fatto che lei lo abbracciasse, anche se attraverso tanti strati, aveva su di lui un effetto ridicolo.

Uno che a lui non piaceva affatto, ma che il suo orso gradiva molto.

CAPITOLO 7

Tammy non era sicura di come fosse finita seduta in fondo al seggiolino della motoslitta, aggrappata disperatamente a Reid, mentre lui conduceva lungo un sentiero oscuro.

Aveva benedetto quella torta squisita e sua nonna, che sembrava avere il potere di farle fare e dire cose che non voleva.

Sono qui per fare domande. Eppure, Tammy si era ritrovata a rispondere a mille quesiti da parte dell'anziana signora, a raccontarle la storia della sua vita, una storia che Reid pareva aver ascoltato, nonostante non si fosse pronunciato, a parte qualche grugnito e mezzi sorrisi.

A quanto pareva, non era dotato di senso dell'umorismo. Aveva colto uno sbuffo di divertimento da parte sua quando aveva raccontato a sua nonna il modo in cui aveva trattato il suo ex traditore. Lo aveva visto reprimere un sorriso quando aveva spiegato la teoria di sua madre riguardo gli alieni, e le loro Luci del Nord radioattive che creavano mutanti. Ciò che non comprendeva era il lento interesse che si era impossessato del suo sguardo mentre la osservava divorare quel delizioso panino e quella torta peccaminosa. Se non avesse conosciuto gli uomini, avrebbe pensato che guardarla mangiare lo eccitava.

Sì, certo. A nessun uomo piaceva vedere una donna mangiare per due persone. In sua difesa c'era da dire che non aveva mangiato un pasto decente da quando aveva lasciato casa.

Il suo possibile interesse sessuale –che probabilmente aveva più a che fare con il fatto che fosse una persona nuova che non con il suo aspetto – sarebbe stato più semplice da gestire se non fosse stato reciproco. Più tempo passava con quell'uomo, più aveva voglia di mangiarlo, quasi letteralmente. O cavalcarlo. O, accidenti, farsi cavalcare da lui. A quel punto, ai suoi ormoni agitati importava solo entrare in azione, a prescindere dal come. Ma Tammy, per diverse ragioni. si rifiutava di rimuginarci sopra o di prendere quel cammino.

Prima di tutto, era sotto investigazione. Non le sembrava che fosse il tipo da rubare alla propria azienda e far uccidere o sequestrare qualcuno, ma tuttavia gli assassini di massa sembravano sempre degli ottimi ragazzi fino a quando non si scoprivano i cadaveri nel loro giardino o nello scantinato.

In secondo luogo, un ragazzo attraente come lui probabilmente aveva diverse ragazze tra cui scegliere. Lei non aveva voglia che comparassero il suo corpo sinuoso e la sua tecnica con altre donne. La sua autostima arrivava solo fino a un certo punto.

E, terzo, si trovava lì solo temporaneamente. Anche

se a lui fossero piaciute le donne meravigliosamente formose, e fosse risultato che erano compagni di sesso selvaggiamente compatibili, era una relazione che non poteva arrivare da nessuna parte. Non sarebbe durata. Il suo lavoro e il suo appartamento la stavano aspettando. Lasciarsi coinvolgere non aiutava di certo la salute emozionale del suo cuore. Il rischio di innamorarsi di quel ragazzone e che lui la distruggesse durante il processo era troppo alto, e non solo nell'ipotesi che il suo grande corpo fosse collassato su di lei dopo aver fatto sesso.

C'erano tutte le ragioni del mondo per mantenersi alla larga da lui eppure, mentre lui accelerava, lei lo stringeva ancora di più, il rumore del motore che rendeva impossibile qualunque conversazione. Rumore del motore o no, comunque, fu impossibile non sentire lo scoppio di un fucile – non per una ragazza che aveva imparato a sparare con la pistola prima di imparare ad andare in bicicletta. Il suo caro padre, che già aveva lasciato questo mondo, aveva una strana idea del rapporto padre-figlia.

Subito dopo risuonarono il secondo e il terzo sparo.

Prima che avesse il tempo di chiedersi se la caccia era permessa così vicino alle case, rotolò al suolo. Un masso di morbida neve attenuò la sua caduta, ma il grande e pesante corpo che le cadde in cima le fece chiedere se fosse morta.

Durante un' investigazione muore agente assicuratore soffocato dal corpo di Reid Hunter, colpito da una pallottola mentre si dirigeva al lavoro sulla sua motoslitta. Spinse il suo corpo, e si sentì rassicurati quando lui grugnì, "Smetti di contorcerti, o vuoi davvero entrare nel mirino, tu e la tua giacca rossa?"

"Qualcuno mi sta sparando?"

"A te. A me. A entrambi. Ha davvero importanza? Siamo stati fortunati che non ci abbiano colpiti. E sicuramente non grazie a quel bersaglio che stai indossando."

"Mi stai davvero dando la colpa per questo?" Sussurrò lei. "Il fatto che indossi una giacca rossa non dovrebbe tenere lontani i cacciatori?" Anche se non era abbigliamento anti-infortunistico, i colori brillanti venivano raccomandati affinché i cacciatori potessero differenziare le persone dalle loro prede.

"Se si tratta di cacciatori."

A quelle parole spalancò gli occhi, e la sua voce divenne un sussurro impercettibile. "Non si tratta di uno scherzo, vero? Credi che qualcuno stia cercando di ucciderci. Ma perché?"

"Per la tua orribile giacca? Come cazzo posso saperlo?", grugnì, alzando la testa per osservare l'oscurità. Cercando cosa, non lo sapeva. Sembrava impossibile vedere qualcosa, se non indossando uno di quei cannocchiali per la visione notturna. Ma, ancora più strano, avrebbe giurato che stava annusando l'aria.

"Mi alzo per primo e vedo se qualcuno spara un altro colpo a caso," annunciò.

"Fantastico. Assicurati solo di non atterrare su di me se ti colpiscono. Preferirei non morire per le costole fratturate e una emorragia interna."

"Stai suggerendo che sono pesante?"

"Non lo suggerisco, lo sto dicendo, e lo so perché mi stai schiacciando in questo momento."

"Per proteggerti."

Visto che non aveva una risposta per quella frase, che era piuttosto gentile, non insistette, ma continuò ad osservarlo, mentre lui si alzava lentamente in tutta la sua altezza, e si girava di trecentosessanta gradi, come volesse sfidare di nuovo il tiratore.

Visto che l'unica risposta fu il silenzio, interrotto dalle raffiche di vento, le allungò una mano. Affondata nella neve com'era, la afferrò e si fece aiutare a rialzarsi. E notò che lui non fece nessuno sforzo, né brontolò, né esclamò, "Accidenti, Tammy, piantala con le Pringles."

Visto quello che le aveva detto precedentemente sulla sua giacca, trattenne il respiro, fermandosi di fianco a lui, fin troppo consapevole di quanto si fosse trasformata in un facile obiettivo. Ma il pericolo sembrava passato. Oppure non essere mai esistito. Nonostante la sua affermazione, forse si trattava solo di una paranoia. Magari lo sparo era stato davvero solo di un cacciatore che si era avvicinato troppo.

"E adesso cosa facciamo?" Chiese lei, spolverandosi la neve dalle gambe.

"Adesso andiamo in ufficio, speriamo senza ulteriori incidenti, a meno che tu non voglia tornare a casa."

Se avesse aggiunto, anche sottilmente, un "così possiamo scaldarci," probabilmente avrebbe scelto l'ultima opzione. Tuttavia, aveva l'impressione che intendesse che l'avrebbe scaricata nel caso fosse troppo spaventata.

Doveva ringraziare suo padre se non aveva paura quando si trattava di armi. Se qualcuno aveva intenzione di spararle, potevano farlo, sia che si trovasse nella sede dell'azienda o in casa sua. Se, dall'altro lato, era stato solo un colpo a caso, allora non c'era niente da temere.

"Seguiamo. Sono qui per lavorare, non per mangiare i piatti di tua nonna." Nonostante aggiungere la parola cucina fosse un gran benefit per quel lavoro, in quel luogo dimenticato dal sole.

Deciso ciò, Reid salì nuovamente sulla motoslitta, ma procedettero di poco prima di bloccarsi su un cumulo di neve, che fece spegnere il motore. Mentre Reid si dirigeva sul retro sulla motoslitta, alzandola e riposizionandola di alcuni metri per rimetterla sulla carreggiata, si strinse tra le braccia, osservando la foresta che la circondava.

Forse il tiratore si nascondeva dietro il tronco di un albero? La inseguiva una pistola? E quello che attraversava il cammino era un cavo?

Tammy non ci avrebbe fatto caso, se non fosse stato per una piccola quantità di neve che sembrava volteggiare nell'aria. Ma non stava levitando. Mentre si avvicinava, la corda tesa divenne maggiormente visibile, ma ciò che la preoccupò fu la posizione.

"Cazzo, chi diavolo lo ha fatto?" Reid mormorò, quando evidentemente vide la trappola.

"Si trova giusto sul sentiero della motoslitta."

"Già. Posizionato all'altezza del petto per –" Reid fece una pausa, come se stesse attentamente scegliendo le parole. "- uhm, sbalzare il conducente."

Sbalzare e ferire, avrebbe scommesso Tammy. Tutte le coincidenze più strane succedevano a lei. "Immagino sia stata una fortuna che qualcuno ci abbia sparato."

Non ci volle molto a Reid per fare il punto della situazione. "Diversamente ci si saremmo scontrati. Che fortuna." Ma la smorfia che apparve sul suo viso diceva che non lo pensava davvero.

"Era diretto a te?"

"Se mi stai chiedendo quante persone sanno che utilizzo questo sentiero, direi tutti, proprio come fanno il resto delle persone della città. Ci sono un paio di strade trafficate. Spero che nessuno stia cercando di fare la stronzata di appendere le corde solo per il gusto di divertirsi."

"Non ci vedo niente di divertente."

"Neanche io, ma abbiamo il nostro gruppo di adolescenti, e altri residenti annoiati che a volte agiscono senza pensare."

"Dobbiamo fare denuncia?"

"Assolutamente. E gli suggerirò di controllare gli altri sentieri. Non possiamo permettere che succedano queste cose."

"Come lo eliminiamo? Non mi sono portata dietro nessuna forbice," scherzò.

"Io ho qualcosa. Mentre lo taglio torna indietro. Non voglio che la punta ti colpisca."

Tammy gli diede le spalle e, con un semplice suono metallico, Reid si prese cura del cavo.

Una volta liberato il passaggio, inforcarono la moto e ripresero la marcia. Terminarono il viaggio senza spari, il che per lei fu un buon segno, e con Reid che conduceva più piano di prima, controllando la presenza di altri cavi.

Parcheggiò la slitta di fronte al pesante edificio, posizionato vicino ad un'altra dozzina di palazzi. Nel parcheggio innevato c'erano anche un SUV e altri pickup, tutti veicoli capaci di sopravvivere a condizioni climatiche estreme.

Visto il vento pungente, non si tolse il casco fino a quando non entrarono e, quando lo fece, una massa di riccioli ricadde sulle sue spalle. *Non voglio neanche pensare a come sono messa.*

"Puoi mettere lì le tue cose." Reid indicò alcuni ganci e scaffali vicino all'entrata principale, dove stavano appoggiati diversi occhiali protettivi, caschi, e attrezzi da neve. Si sfilò i diversi strati di vestiti e si infilò un paio di pantofole in omaggio che stavano in una scatola. I capelli arruffati, le guance rosa, un maglione pesante, due paia di slip, un paio di spesse calze di lana e scarpe senza lacci scozzesi. Che bel modo di fare bella impressione, specialmente quando si trovò di fronte alla bionda perfettamente curata e composta che gestiva la reception.

Reid le presentò. "Jan, questa è la signora Roberts, dell'ufficio assicurativo. Per favore, forniscile l'accesso a tutti i documenti di cui ha bisogno rispetto ai camion che sono spariti e al loro carico. Se avete bisogno di me sarò nel mio ufficio."

Mi sta abbandonando? Oh. Senza rivolgerle neppure un'occhiata, Reid se ne andò, dirigendosi verso una porta aperta, per poi richiuderla fermamente. Mmm. Era troppo pensare di piacergli. Ma si sbagliava! Non avrebbe potuto evitare la sua presenza per molto tempo.

"Travis mi ha avvisato che sareste venuti, quindi le ho già preparato le informazioni che le servono." Disse Jan, mentre apriva un cassetto ed estraeva diverse cartelle.

"Lavora da molto per l'impresa?"

"Da quando mi sono diplomata. Ho preso il posto di

mia madre, che andava in pensione. Sta passando l'inverno in qualche resort in Florida."

Sole e caldo? Tammy non resistette dal mormorare, "Fortunata."

Jan scoppiò a ridere e la sua risata, come tutto di lei, era un suono perfetto. "Ci vuole un po' per abituarsi alle corte giornate invernali e alle temperature rigide. Ma, una volta trovato l'uomo giusto, si vedono i vantaggi di accoccolarsi davanti a un fuoco scoppiettante."

Peccato che Tammy non avesse pianificato di fermarsi tanto da stare con qualcuno. E si sarebbe persa il fuoco scoppiettante. Preferiva quello artificiale, meno pericoloso.

Jan le mostrò un ufficio vuoto, che apparteneva a un impiegato che quel giorno aveva scelto di lavorare da casa.

"Mi faccia sapere se ha bisogno di qualcosa. Ma mi immagino che questi registri la terranno occupata per un po'." *Sicuramente*, pensò Tammy tristemente. Avrebbe preferito restare ad ascoltare la vivace e perfetta Jan. I report risultarono essere, come si aspettava, una noiosa lettura.

Un'ora dopo, quando uscì per cercare una pistola con cui spararsi, o una tazza di caffè, Jan notò la sua disperazione e la sua silenziosa richiesta di aiuto, perché la mandò a fare un giro dell'edificio, con un collega più grande. Brevi visite alle varie attività, un'occhiata ai camion, qualche conversazione leggera con gli impiegati. Man mano che Tammy avesse letto le schede sul personale, avrebbe organizzato interviste più approfondite. Ciò che non vide, nonostante se lo aspettasse – e lo sperasse –

fu il capo. Reid sembrava sfuggirle – oppure la stava evitando.

Quando la giornata lavorativa giunse alla fine, e si avvicinava l'ora di cena, non era ancora apparso. Fu Jan, perfettamente efficiente, che accompagnò Tammy a casa, sul suo SUV a trazione integrale.

Cenò con Ursula, e che cena; bistecche di pollo impanate, purè di patate, salsa gravy e biscotti. Abbastanza per far mormorare Tammy di piacere; ma i brownie al cioccolato la fecero sbavare. Con la pancia piena, e cacciata dalla cucina quando si offrì di aiutare a pulire, Tammy decise che quella giornata era terminate; prese il libro che si era portata dietro, ma la trama non colpiva la sua attenzione. La noia la costrinse ad andare a letto presto – e da sola – come doveva essere, il che non spiegava il fastidio che provava.

CAPITOLO 8

Che coincidenza.

Per qualche ragione, quelle parole continuavano a ronzare nella testa di Reid. Quante possibilità esistevano che qualcuno gli sparasse, giusto prima di cadere in una trappola? Quel fil di ferro era solo uno scherzo, per quanto pericoloso? Sì, i mutaforma guarivano meglio degli umani, e gli strati che indossavano avrebbero attutito gran parte del colpo ma. comunque, legare un cavo su un sentiero molto trafficato era un atto sconsiderato. Avrebbe potuto risultare letale.

Solo il percorso che aveva usato risultò dotato di quella trappola, ma ciò non fermò Reid dall'ordinare ad alcuni membri del suo clan di controllare gli altri. Aveva anche fatto correre la voce che se il cavo teso e gli spari erano stati opera di qualche cittadino annoiato, avrebbero fatto meglio a darsi una regolata, o se la sarebbero vista con lui.

Che fortuito. Che improbabile. Continuò a ripensarci continuamente.

Personalmente, dubitava che qualcuno del suo clan fosse coinvolto. Ci avrebbe scommesso la pelle.

Il che significava che uno conosciuto si era avvicinato abbastanza da farlo. *Un estraneo sulla mia terra.* Grrr.

Il chiedersi chi aveva sparato a lui – e a Tammy – flagellava Reid, specialmente considerando la sua reazione.

Quando era partito il primo colpo Reid era stato guidato dall'istinto, non quello di auto-conservazione, bensì quello di protezione. In un secondo, aveva spinto il pulsante di spegnimento della moto e aveva fatto sbalzare Tammy per terra, mentre il suo corpo su di lei faceva da scudo. I proiettili erano arrivati vicino. Troppo vicino.

La sua parte razionale gli diceva che probabilmente erano stati colpi sparati alla cieca. Possibile, ma non probabile. Chi andava a caccia al buio? Forse un muta-forma, ma la giacca di Tammy era troppo eccentrica perché qualcuno potesse scambiarli per un animale. Ciò, in aggiunta al fatto che gli abitanti della sua città preferivano cacciare prede a quattro zampe, non due, gli faceva chiedere chi fosse il bersaglio e perché.

Un colpo, anche fosse stato di un proiettile di argento, non lo avrebbe ucciso. Lo avrebbe fatto incavolare, sì. Ma lo avrebbe solo ferito. Tuttavia, Tammy...

Il realizzare quanto facilmente avrebbe potuto colpirla e toglierle la vita lo fece rabbrividire.

Gli umani erano così fragili.

A meno che non la trasformiamo, pensò il suo orso.

Pazzesco. Da un lato, il rischio collegato alla trasformazione non era da prendere sotto gamba. Implicava rischi, rischi mortali. Alcuni umani vivevano bene la trasformazione, altri...già, quelli a cui nessuno voleva pensare o parlarne. Ma si continuava a correre quel rischio. Il loro tasso di nascita era così basso e il loro pool genetico così limitato che erano costretti a introdurre nuovo DNA.

Detto ciò, e nonostante le conseguenze mortali per molti, trasformavano gli umani, ma solo dopo averlo considerato attentamente e se l'umano in questione era d'accordo. La comprensione del processo sembrava aiutarli, così come una forte personalità e l'avere un partner mutaforma con un chiaro interesse per quel risultato. Il problema era che quelli che erano innamorati soffrivano profondamente quando gli umani non riuscivano a trasformarsi. Un altro motivo per cui la decisione della trasformazione non era mai facile.

Reid non aveva mai dovuto trasformare nessuno. Non aveva mai voluto farlo. Non lo aveva mai pianificato. Quindi perché diavolo ci stava pensando ora? E la domanda principale: perché stava pensando di trasformare una donna che aveva appena conosciuto?

Perché sono attratto da lei.

Più che sentirsi attratto, la voleva. Follemente.

Ciò lo irritava. Reid non era il tipo da desiderare ciò che non poteva o non doveva avere. E giocare con una ragazza umana che non sapeva niente della sua razza, che era abituata alla vita di città, e che possedeva la pelle più delicata che avesse visto, non la rendeva una candidata. Nè per l'alfa, nè per il clan.

Quando era uscito con qualcuna, si era trattato di

purosangue; così chiamavano coloro che erano dati dall'unione di mutaforma con mutaforma. La sua future compagna sarebbe probabilmente appartenuta a un altro clan, e la loro unione avrebbe creato un'unione tra i due gruppi. Le alleanze erano ciò che gli Alfa cercavano in una compagna, non una montagna di ricci, o la mancanza di paura quando qualcuno le sparava contro, o quelle labbra così attraenti quando divoravano sensualmente il gelato e che sarebbero state perfette intorno al suo –

"Ehi, capo, mi sono appena svegliato e ho ricevuto il messaggio dove dicevi che volevi vedermi?" Brody entrò nel suo ufficio senza bussare e interruppe il suo flusso di pensieri.

Appena svegliato? Considerando che erano le sette di sera passate, Reid si chiese a che ora il suo vice era andato a dormire. "Immagino che tu non lo abbia saputo?"

"Saputo cosa? Come ho detto, ho ricevuto il messaggio in segreteria e sono venuto direttamente, anche se sono sorpreso dal fatto di trovarti ancora qui. Pensavo fossi a casa, ad intrattenere la signora dell'assicurazione."

Se per intrattenere intendeva leccarla dalla testa ai piedi, prima che quelle gambe paffute avvolgessero la sua vita, allora, sì, Reid avrebbe preferito passare la serata in casa. Ma visto che stava cercando di evitare una situazione del genere, aveva ignorato la sua ospite, lasciandola alle sue cose, e aveva chiesto a Jan di accompagnarla a casa. Sua nonna era assolutamente in grado di darle da mangiare e prendersi cura di lei. Tammy non aveva bisogno di lui.

Per qualche ragione quel pensiero fece urlare l'orso in lui.

Stupidi ormoni. Quell'anno la malinconia che portava l'inverno lo stava facendo eccitare più del solito. Spostò la sua attenzione su una questione più importante. "Qualcuno ha sparato a me e all'agente assicurativo mentre venivano in ufficio."

"Sparato? Ne sei sicuro?"

"No. Sono diventato sordo e mi sono immaginato il rumore dello sparo della pistola. Sì, ne sono maledettamente sicuro. Oggi pomeriggio ho mandato fuori alcuni dei ragazzi a controllare, ma per quanto mi amareggi ammetterlo, sei tu quello che ha il fiuto migliore nei paraggi. Voglio che tu venga con me e controlli il tragitto da qui a casa mia. Vediamo se puoi scoprire chi ha sparato. Se il colpevole è uno dei nostri, allora voglio scoprirlo. Tutti sanno che non devono sparare così vicino alla zona abitata."

"Immagino tutto di un pezzo?"

"L'importante è che possa parlare, non mi importa in che stato si trovi. Qualcuno ci sta prendendo in giro ed io, prima di tutto, voglio sapere chi e perché." Inutile nascondere il suo tono nefasto. Reid aveva tutta l'intenzione di punire chiunque si fosse azzardato a minacciarlo sulle proprie terre.

"D'accordo. Ma prima di tutto devo chiederti, è vero che questa ragazza che hanno mandato quelli dell'assicurazione è carina? Travis dice che è in carne e ha abbastanza tette." Brody sporse le mani, a coppa, come per afferrarle.

Un ringhio basso scosse Reid. Non suo, ma del suo orso. Tuttavia, fu lui che disse, "Tieni giù le mani da lei." *Mia.*

"Scusa, capo. Non sapevo che fosse già occupata."

Non poteva prendersela con Brody per avere frainteso. Le sue parole suonarono possessive. *Oh, sii onesto. Sembravi geloso.* E lo era. Non aveva senso. Conosceva appena la ragazza e non cercava una relazione con lei, ma il pensiero che Brody, o qualunque altro uomo in realtà, potesse mettere le mani su di lei, gli faceva venire voglia di rompere qualcosa. "Non è occupata. Solo che non voglio nessun problema. È qui per fare un lavoro, e non voglio che niente si intrometta. Abbiamo bisogno che approvino la richiesta di rimborso, per avere i fondi per rimpiazzare quei camion e i carichi. Senza contare che Marie potrebbe usare parte del denaro per il bambino che sta per nascere." Povera Marie, il cui ragazzo, Jonathon, era uno dei conducenti che erano spariti. Sapeva che lei nutriva ancora la speranza che fosse vivo. Reid, tuttavia, pensava che fosse solo questione di tempo prima che trovassero il suo corpo.

"Non toccare l'umana. Capito. Passerò parola."

E gli uomini in città avrebbero fatto meglio a rispettarla. Reid si scrocchiò le nocche, un chiaro segno della sua agitazione. *Non lo nego. Sono geloso.* Di una ragazza di città che appena conosceva ma che voleva. Per fortuna Reid non era il tipo di uomo che cedeva al primo capriccio. Per quello era rimasto chiuso nel suo ufficio tutto il pomeriggio. Non era andato nè una sola volta a cercarla, neanche per assicurarsi che non avesse altre domande. Non aveva condiviso la merenda che sua nonna aveva mandato nel pomeriggio. Non l'aveva neanche accompagnata a casa. Ma ciò era stato causato dal fatto che, quando l'uomo che aveva mandato a controllare il cammino era tornato, e aveva detto che aveva trovato tracce di camion ma nessun odore, aveva voluto controllarlo in prima persona, con l'aiuto di Brody, per trovare, possibilmente, qualche traccia che il primo si era perso.

Il suo orso poteva così godere dell'aria fresca e fare esercizio. Con un po' di fortuna, avrebbe trovato il colpevole e avrebbe bruciato un po' dell'energia che possedeva in eccesso.

CAPITOLO 9

Tammy non riusciva a dormire. Non era colpa del letto confortevole se continuava a rigirarsi e rivoltarsi. Il materasso imbottito la cullava. Non sentiva neppure freddo, non con il suo caldo pigiama di flanella e i vari strati di coperte. Fame era una parola che dubitava esistesse in quella casa. Ursula si era assicurata di riempirle lo stomaco. Quindi, perchénon poteva dormire?

So che cos'è. Quella casa era silenziosa. Troppo silenziosa.

Abituata al rumore del traffico, il basso brusio delle macchine che passavano, a volte le sirene, il ronzio della sua caldaia, trovava inquietante quel silenzio interrotto solo dalle sporadiche folate di vento.

Eppure c'era stato un tempo, molti anni prima, quando era solo una ragazzina, in cui aveva amato la mancanza di suoni. Ma allora c'era il russare di suo padre a confortarla, il capanno di caccia che possedevano era un open-space con un letto per i suoi genitori, e un divano letto per lei. Tempi felici prima dell'incidente.

Forse un po' di latte caldo l'avrebbe fatta rilassare – con un bicchierino di whiskey che aveva adocchiato prima nel mobile dei liquori. *Ma non è casa mia. Non posso servirmi da sola.* Eppure, Ursula non le aveva forse detto di fare come se fosse a casa sua, di servirsi di tutto ciò che necessitava? *Potrei usare suo nipote, possibilmente nudo.*

Tuttavia, non pensava che l'anziana signora si riferisse a corrompere Reid quando le aveva fatto quell'offerta, nonostante lui fosse una delle cause della sua insonnia. Era difficile addormentarsi quando ogni volta che chiudeva gli occhi si immaginava la caduta sulla neve, ma con un finale differente.

Non le era costato molto cancellare dalla sua mente l'incidente della sparatoria. Nei boschi possono accadere cose del genere. Dai una pistola a qualcuno e ci sarà un incidente. Fortunatamente, non c'era stata nessuna conseguenza. La cosa difficile da dimenticare era il peso di Reid, il suo istinto mascolino di proteggerla con il suo stesso corpo. Per una ragazza i cui ultimi fidanzati le avevano fatto credere che la galanteria non solo era morta, ma completamente bruciata e che non sarebbe mai più tornata, ciò era un boccata d'ossigeno. Un uomo dal carattere burbero, un corpo eccitante, e, wow, dotato di reale coraggio.

E ciò la eccitava. Quella era la ragione per cui le sue fantasie erotiche non smettevano di circolare nella sua mente, tenendola sveglia, vogliosa, e desiderosa di qualcosa che non poteva avere.

Sob. Beh, se non poteva averlo, almeno avrebbe potuto bere il suo latte e prendere un bicchierino di whiskey. Magari due.

Si infilò una vestaglia sopra al comodo e caldo pigiama di flanella – decorato con un alce con tanto di paraorecchie, perché non si aspettava di dormire in casa di qualcuno. E comunque, anche se lo avesse saputo, non avrebbe messo in valigia niente di più sexy. A Tammy piacevano le cose comode. A conferma di ciò, la ciliegina sulla torta: a completare il suo abbigliamento, un paio di pantofole pelose rosa fosforescente con orecchie, e un paio di occhi incrociati incollati. Una vera sirena della seduzione. No!

Andò nel corridoio, leggermente illuminato da una luce notturna, che magicamente era apparsa quando era tornata a casa. Sicuramente, una cortesia da parte di Ursula.

La casa era silenziosa mentre scendeva le scale, ma non le risultò inquietante. Era troppo accogliente per poter provocare in lei una sensazione del genere. Tanto legno avrebbe potuto renderla nervosa, specialmente considerando quello che era successo a suo padre. Eppure, nonostante la chiara infiammabilità dell'ambiente circostante, la sua parte razionale sapeva che lì non correva più pericolo che nella sua casa di città in cemento.

Quando giunse al piano terra, si chiese se Reid fosse già tornato dall'ufficio. Da quando era andata a dormire non aveva sentito un solo rumore. E, comunque, considerando la sua abilità di muoversi come un ninja silenzioso, avrebbe potuto camminare in punta di piedi dietro di lei, senza che se ne accorgesse. A quel pensiero, voltò lo sguardo dietro la sua spalla per controllare. Non era lì. E, no, il sospiro che emise non era di dispiacere.

Entrò nella cucina e accese la luce ` posta sul soffitto; poi cercò tra tre tazze da tè, prima di trovarne una in cui poter versare il latte da scaldare al microonde. La estrasse dall'apparato prima che il timer giungesse al termine, così da non farlo suonare.

Tenendo in mano la tazza calda, passò davanti al passaggio che dava alla sala da pranzo e al mobile dei liquori, e si fermò vicino alla finestra che dava sul portico laterale. La luce della cucina si rifletteva in essa, rendendo impossibile vedere fuori, a meno di non premere il viso contro il vetro. Visto che non voleva dover spiegare perché aveva lasciato l'impronta del suo volto sulla finestra, spense la luce, e ritornò nella sua posizione.

Ci volle qualche minuto affinché i suoi occhi si abituassero al buio e, quando lo fecero, si ritrovò ad ammirare un alieno paesaggio fatto di neve, la cui superficie risultava rovinata, in alcuni punti, dalle tracce delle motoslitte. La luce distante del garage non rischiarava completamente il giardino, mentre la luna crescente, con il suo bagliore opaco, rendeva più semplice al visibilità. Grazie a quelle due fonti di illuminazione, notò un movimento proveniente dal fronte della casa, qualcosa di pesante che si faceva strada sui gradini del porticato. Data la vicinanza, non ebbe problemi a riconoscere un orso gigantesco che arrancava su di essi. Ed era veramente gigantesco!

Oh santo cielo.

Lentamente, trattenendo il fiato, si allontanò dalla finestra, per timore che quell'animale potesse vederla e decidere che uno strato di vetro non era un ostacolo sufficiente per non trasformarla in un fresco spuntino di mezzanotte. Il problema era che farsi indietro significava perdere di vista l'orso. Ma era al sicuro. *Sono in casa. L'orso è fuori. Qui non può prendermi.*

A meno che non decidesse di entrare.

Quando sentì girarsi la maniglia della porta gli occhi le si spalancarono e quasi le schizzarono dalla testa. A quel punto la sua razionalità si dileguò e cercò disperatamente di ricordarsi i suggerimenti di suo padre se mai si fosse scontrata con un orso.

Fare finta di essere morta? Dubitava di poterci riuscire, almeno non tremando per la paura.

Fare rumore? Con cosa? Urlare a perdifiato non sembrava l'approccio giusto. Ma se avesse trovato qualcosa con cui fare rumore e spaventarlo?

Il bancone dietro di lei era immacolato ma, sopra di esso, su una mensola sospesa, c'erano pentole e padelle. Ideò un piano. Ne avrebbe afferrate due e le avrebbe sbattute una contro l'altra, in una sinfonia di rumore che avrebbe fatto spaventare l'orso – che, in una sorta di evoluzione Darwiniana doveva aver imparato ad aprire le porte – e con un po' di fortuna sarebbe arrivato qualcuno dotato di pistola.

Era riuscita a sfilare dal gancio solo una padella larga, quando la porta si aprì con uno scricchiolio – e questa era un'altra buona ragione per chiudere sempre a chiave la porta, che si viva in città o no. Una forte raffica di neve entrò nella casa.

Serrò gli occhi, i fiocchi di neve le coprirono le ciglia e, quando li riaprì, non fu in grado di vedere i dettagli della grande forma che si profilava nell'entrata. Non importava. Suo padre non aveva allevato una codarda, e lei non aveva intenzione di diventare uno spuntino di mezzanotte senza combattere. Lasciò andare un grido di battaglia e colpì.

Colpito!

"Ahi!"

Non sembrava un orso. *Oops*.

Tammy arretrò, le luci che sfarfallavano nella cucina. Quando riacquistò la vista sbatté le palpebre, e i cristalli sulle sue ciglia di dissolsero, lasciandola con una perfetta – e sfortunata – visione. Uh-oh. Sbattè di nuovo le palpebre. Si leccò le labbra. Si bagnò le mutandine. E non per la paura, nonostante un orso di uomo la stesse guardando in cagnesco, e la cui irritazione probabilmente derivava dal bozzolo che si stava formando sul suo zigomo.

"Mi stai davvero attaccando in casa mia, di nuovo?"

"Pensavo fossi un orso, " spiegò flebilmente, indicando la finestra. "Ne ho visto uno sotto al portico, e poi qualcosa ha aperto la porta. Ho reagito per difendermi."

"Con una padella?"

Si strinse nelle spalle. "Ho dovuto pensare in fretta."

"Mi hai colpito." Sembrava decisamente incredulo.

Benvenuto nel club. Da quando era giunta in Alaska si stava abituando a quella sensazione. "Già, ti ho colpito, ma direi che la domanda principale in questo momento sia perché vieni da fuori, con una temperatura di un milione sotto zero, con addosso nient'altro se non i peli del tuo petto." Un petto impressionante, attenzione, ma comunque completamente nudo , che andava in coppia con le sue parti basse nude – *santo cielo*.

Immaginarsi Reid senza vestiti era una cosa, ma la realtà era un'altra. La sua fervida immaginazione sicuramente non gli rendeva giustizia. Da nudo, era decisamente ancora più impressionante. Ma perché andava in giro con il culo all'aria?

Lui si guardò, come se si rendesse conto solo in quel momento della sua nudità. "Ho perso i vestiti."

"Persi? Come?"

"Beh, più che altro li ho buttati, perché erano sporchi. Davvero sporchi, " disse alzando la voce, prima di sbattere la porta e interrompere l'ondata di aria fredda che li circondava.

Le ci volle un momento prima di poter assorbire quella risposta assurda. "Sporchi? Davvero? Di cosa?" Che diavolo rendeva un uomo tanto pazzo da spogliarsi con quel clima? *Li aveva macchiati di sangue?* Dopotutto, lo aveva valutato male? Era uno psicopatico? La sua stretta sulla padella si fece più forte.

Lui se ne accorse e sollevò un sopracciglio. " Stai programmando di attaccarmi e causarmi un altro trauma cranico? Se vuoi darmi una bella sculacciata, dillo. Ma fammi un favore, se hai intenzione di stuprarmi, usa almeno un preservativo."

"Violentarti? Mi chiedo se dovrei chiamare la polizia per verificare se hai addosso resti di DNA. Quanto esattamente dovevano essere sporchi i tuoi vestiti per spingerti ad entrare nudo e congelarti completamente?"

"Prima di tutto, non fa così tanto freddo, e puoi vederlo dal fatto che non mi manca nessuna parte."

Di sicuro una parte non era stata colpita dal freddo estremo a cui era stata esposta, visto che in quel momento stava a mezz'asta.

Lei distolse lo sguardo, ma non abbastanza in fretta.

Lo sguardo di lui si tinse di uno scintillio malizioso. "Mia nonna dice sempre che nel nostro albero genealogico ci dovevano essere degli orsi polari."

Lei ignorò la sua battuta. "Dove sono i tuoi vestiti?"

"Perché?"

"Voglio vederli."

"Non mi credi."

"Il mio lavoro consiste nel non credere a nessuno, ma indagare in modo imparziale."

"E cosa c'entrano i miei vestiti con la tua indagine?"

"Stabilire la tua capacità di dire la verità."

Un sorriso gli curvò le labbra. "Questo, detto da una donna che sta nella mia cucina, con addosso un paio di ciabatte pelose a forma di coniglio, brandendo una padella malefica perché pensa che un orso sta per entrare in casa."

"So cosa ho visto." O almeno così credeva. Si stava davvero chiedendo se avesse avuto le allucinazioni, perché Reid non stava agendo per niente come un uomo nudo che si era appena confrontato con un orso sotto al portico. Se lo era immaginato? Oppure stava cercando di distoglierla dai suoi sospetti? "Almeno il mio abbigliamento notturno e la mia auto-difesa sono comprensibili. Tu, tuttavia, con la tua nudità, non lo sei."

"Vuoi una prova? Molto bene. Ma posso vestirmi

prima che torniamo al garage in cui ho lasciato la mia roba?"

"Perché, fa troppo freddo per tornare indietro?"

"Cerco di limitare le mie corse polari a una volta al giorno per evitare che alcuni miei organi si secchino fino a un punto di non ritorno."

Dubitava che potesse accadere, visto la stazza, ma la sua pelle nuda la distraeva decisamente – oh, e la eccitava tanto che avrebbe volute colpirlo di nuovo solo per farlo collassare al suolo e dovergli fare la respirazione bocca a bocca. Aspetta, quello serviva per le vittime di affogamento, non per quelle con trauma cranico. Chi se ne importava? Doveva vestirsi per permetterle di concentrarsi su qualcosa che non fosse il sesso.

Inoltre, mentre si vestiva non avrebbe potuto manomettere niente, quindi, tenendo la padella tra le mani, lei annuì, e lo seguì – ammirando tutto il tempo le sue natiche nude e contratte – mentre saliva al secondo piano ed entrava in una stanza, passando attraverso quella di lei.

Ben presto riemerse in un completo nero, che copriva ogni briciola del suo corpo. Che sfortuna.

"Dobbiamo andare a verificare la mia sincerità?", chiese lui.

Gli fece cenno di procedere, desiderando di avere in mano qualcosa di più letale di una padella, tipo una pistola. *Ammesso che fossi in grado di spargarli.* Ma l'orso che aveva visto fuori?

"Dov'è andato l'orso?", chiese. "Devi averlo visto quando sei entrato. Stava sotto al portico."

"Insisti ancora su quello? Sai come suona? Un orso

sotto al portico." Sbuffò. "Sei sicura di non essertelo immaginato?"

"Nello stesso modo in cui mi sono immaginata un uomo nudo nella cucina? No. So cosa ho visto. Fuori c'era un orso."

"Se lo dici tu. Magari mi ha sentito o odorato e se n'è andato. Sai, il portico corre lungo tutta la casa."

Di nuovo, una spiegazione plausibile che non suonava vera. Eppure, che bisogno aveva di mentire? Non guadagnava nulla dal nasconderle la presenza di un animale selvatico.

A meno che il suo piano non sia farmi uscire per darmi in pasto a lui!

Doveva davvero smettere di dare credito alle paranoie di sua madre.

In silenzio, si cambiò le ciabatte per un paio di stivali e si infilò la giacca sopra alla vestaglia. Lui non si disturbò a infilarsi nessun soprabito, la sua unica concessione a quel clima furono un paio di stivali.

Lui spalancò la porta della cucina, e le fece strada verso il garage. Il freddo risultava pungente attraverso la vestaglia e il pigiama, e così infilò le mani nelle maniche e ficcò il viso nel collo della sua giacca. La temperatura non sembrava disturbare Reid, vero uomo dell'Alaska, mentre procedeva a larghe falcate verso la porta del garage. Continuando a tenere la padella nella mano, lo seguì, osservando nervosamente ogni direzione, alla ricerca della bestia che aveva intravisto prima. Arrivarono nella stanza, fredda ma almeno libera dal vento, senza alcun incidente.

Reid si diresse verso la propria motoslitta, e indicò la

pila di vestiti che stava lì di fianco, vestiti che odoravano a benzina.

"Ti ho detto che erano sporchi," disse, sorridendo vittorioso. "Ho avuto una perdita e mentre la sistemavo mi sono sporcato con la benzina. Mia nonna mi avrebbe ucciso se avessi portato dentro questa roba e appestato la casa. Così, me la sono sfilata qui e ho fatto una corsa polare attraverso il giardino."

Sta mentendo. Non sapeva da dove le venisse quella certezza. Ma lo sapeva. Lo sentiva, anche se le prove di ciò che le aveva raccontato stavano di fronte a lei sul pavimento, gli stessi vestiti che gli aveva visto addosso quello stesso giorno. Li toccò con il piede ma, a parte l'odore che sollevò, non vide nessuna macchia rossa o marrone sospetta.

"Sei soddisfatta ora?"

"Immagino di sì."

"Allora tocca a me fare domande. Cosa stavi facendo sveglia? Mi stavi spiando? Per quello che ne so, non posso essere certo che sei chi dici di essere. Come posso sapere che non sei parte della cospirazione per distruggere la mia impresa, in combutta con chiunque stia rubando i miei camion?"

Trovarsi dall'altra parte dell'interrogatorio, accusata di essere sospetta, faceva schifo. Tammy balbettò. "Io, una spia? Sono dell'agenzia assicuratrice. Puoi chiamare e verificarlo."

"L'ho fatto, e hanno verificato che qualcuno stava arrivando," corresse lui. "Ma, per quanto ne so, la vera Tamara Roberta è stata uccisa e tu hai preso il suo posto."

"È assurdo."

"Non più assurdo che pensare che ho rubato i miei camion e ho fatto sparire i miei impiegati."

"Devo indagare tutte le possibilità."

"Come me." Per qualche ragione, le sue parole le diedero i brividi, specialmente perché le disse guardandola fissamente.

"Puoi controllarmi. Non ho niente da nascondere. Sono esattamente quello che vedi." Una donna di circa trent'anni, vestita di flanella, che aveva colpito in faccia con una padella un uomo innocente. C'era da meravigliarsi se lui si mostrava infastidito?

"So cosa sembri, sì, ma io sono curioso di sapere altre cose."

"Come cosa?", chiese lei, sussurrando mentre lui annullava lo spazio tra di loro.

"Ad esempio, di cosa sai."

Non le diede nessun altro avvertimento prima di afferrarle la vita con le mani, e sollevarla fino a poter infilare le gambe tra le sue. In un'altra occasione, si sarebbe domandata come poteva averla sollevata così facilmente, ma con un solo tocco lui aveva annullato la sua capacità di pensare. Al primo contatto delle loro labbra venne investita da un fremito, mentre lui la avvolgeva in un abbraccio esperto, accarezzandole le labbra con le sue, esplorandola e provocandola.

Finalmente capiva cosa significasse l'espressione, 'bacio elettrico'. Ogni volta che Reid la mordeva e la succhiava, il suo corpo veniva attraversato da una scossa, il suo sangue ribolliva, e il suo cuore batteva all'impazzata. Aprì le labbra all'insistenza della sua lingua che supplicava per entrare in lei, e poi lasciò che si intrecciasse alla sua, in una vibrazione sensuale che la fece rabbrividire.

Venne talmente risucchiata nella piacevole sensazione che le dava il suo abbraccio, che rilassò tutto il corpo, inclusa la presa sulla padella, che cadde al suolo con un suono metallico.

Colta di sorpresa, Tammy aprì gli occhi, ed entrambi si fermarono, le labbra ancora unite, occhi negli occhi, lo sguardo marrone di lei catturato da quello ardente di lui.

Cosa sto facendo?

L'incantesimo si ruppe, e non dovette dire nulla o lottare con lui perché la appoggiasse immediatamente al suolo.

"Credo che dovresti tornare a letto," disse con voce roca.

Lei si limitò ad annuire, e girò i tacchi. Come se la stesse inseguendo un animale selvatico– anche conosciuto come lussuria – corse dal garage alla casa. Non guardò nel buio alla ricerca di orsi ma, prima di entrare nel caldo paradiso che era la cucina, guardò alle sue spalle. Davanti alla porta del garage, Reid la fissava, grande e minaccioso – e così tentatore.

Quell'uomo era pericoloso a diversi livelli. Non riuscì ad evitare di tremare, e non per l'apprensione. Oh no, Reid non le faceva paura, nonostante la logica le diceva che avrebbe dovuto. No, sembrava che Tammy non avesse ancora imparato la lezione sugli uomini, perché, maledizione, nonostante ci fossero mille motivi per cui stargli alla larga, lo desiderava.

CAPITOLO 10

Per fortuna il beta di Reid, Brody, lo aveva seguito fino a casa la notte precedente. Ancora meglio, Brody era rimasto dietro di lui quando erano entrati in casa. L'ultima cosa che Reid si aspettava era di incontrare un'umana con in mano una padella, e che aveva interpretato la sua nudità come la prova di atti nefandi.

Se solo sapesse.

Almeno Brody era in grado di pensare rapidamente. Aveva compreso rapidamente la situazione e si era occupato delle 'prove'. Quando entrò nel garage, Reid non sapeva esattamente cosa aspettarsi. Sapeva che qualcuno aveva preso i suoi vestiti e si era infilato nel retro della casa mentre lui indagava la scena della sparatoria. Averli inzuppati di benzina era stato un colpo di genio di Brody.

Ma povera Tammy. Una parte di lui odiava mentire, specialmente perché dai suoi occhi capiva che non credeva alle sue risposte inventate. E ne aveva tutte le ragioni. Reid nascondeva dei segreti. Molti, e non solo del tipo che lei sospettava.

Oh, comunque sia, sono l'orso Kodiak.

E, parlando di sospetti, nonostante si aspettasse che il bacio con quella donna gli sarebbe piaciuto, non aveva assolutamente previsto l'incendio che si era propagato in ciascuna delle sue terminazioni nervose. Un tocco. Un assaggio. Si era perso, perso nel piacere e nel desiderio.

Se non fosse stato per quella interruzione tempestiva, l'avrebbe fatta sua, proprio lì, nel garage, e al diavolo tutte le conseguenze. Ma ciò che lo preoccupava ancora di più, era quell bisogno urgente di marcarla.

Falla tua.

Anche in quel momento il suo orso insisteva su quel punto. Voleva che entrasse in casa, che la sollevasse su una spalla, la gettasse su un letto, e che strappasse quel pigiama assurdamente ridicolo dal suo corpo sinuoso. Voleva che leccasse ogni centimetro del suo corpo, circondarla con il suo odore prima di morderle il polso, lasciandole un marchio di accoppiamento a braccialetto, che proclamava che lei gli apparteneva. *Mia.*

Non sarebbe successo. Prima di tutto, nessuno segna più la propria compagna in un modo tanto permanente. Magari in privato, per divertimento, sì; tuttavia i clan avevano superato da molto tempo quel modo arcaico di mordere, preferendo metodi più tradizionali. Tuttavia, qualcosa in quella ragazza di città faceva emergere la bestia primordiale che era in lui.

Gli diceva di agire. *Non è per me. O per te*, aggiunse, quando il suo orso grugnì.

Gli Alfa e i capi clan si accoppiavano per ragioni politiche, non per lussuria. Dovevano assicurare una forte discendenza, scegliendo una compagna mutaforme forte, una capace di mettere alla luce dei piccoli nati naturalmente. Non mezzosangue. Gli umani che vivevano il processo di cambiamento e sopravvivevano potevano riuscire a dare alla luce dei cuccioli. Tuttavia, ci volevano generazioni per creare il gene umano, non sempre recessivo, e purificare il sangue.

Come se a Reid importasse. Riusciva quasi a sentire il suo orso. Da molto non avevano più bisogno di parlare. Reid sapeva quello che sentiva la sua altra metà e in quel momento sentiva di volere la ragazza di città. *E se a qualcuno non piace, possono vedersela con il mio pugno.*

Se solo la sua vita fosse stata così semplice.

Si riteneva che un uomo nella sua posizione dovesse avere dei discendenti puri. Non che fosse garantito che i suoi piccolo avrebbero governato - di solito ciò veniva determinato dalla forza e dall'intelligenza – ma ciò rendeva meno probabile che qualcun altro iniziasse una sfida.

Parlando di sfide, quella era la parola che aveva cercato di evitare da quando aveva saputo degli attacchi, ma che ora continuava a ronzargli nella mente, e di sicuro nei pensieri di coloro che avevano saputo degli incidenti che affettavano lui e la sua impresa. Nonostante nessun branco o clan si fosse fatto avanti per rivendicare gli attacchi, sembrava sempre di più che qualcuno stesse sfidando Reid, incitando una battaglia per assumere la leadership o per ridurre il suo clan dalla posizione di dominanza a uno status molto meno alto.

Mai.

· · ·

Non aveva combattuto e costruito la sua azienda, portandola a tale livello di profittabilità, senza aumentare la popolazione del suo clan, e dando loro un certo livello di sicurezza e lusso, solo per permettere a qualcuno di mettergli i bastoni tra le ruote e rovinare tutto, o appropriarsene. *Fanculo.*

Avrebbe cacciato il bastardo responsabile, lo avrebbe incontrato, lo avrebbe picchiato fino a ridurlo in fin di vita, e poi lo avrebbe costretto a guardare mentre distruggeva tutto quello che possedeva il suo sconosciuto assalitore. Avrebbe fatto del suo aggressore il manifesto per cui non si deve mai, mai cercare di fottere Reid Carver e i suoi protetti.

E l'umana che disturbava la sua salute mentale con il suo corpo attraente, uno strano coraggio e domande noiose?

Ci avrebbe dovuto pensare, perché il suo unico piano – scoparla fino a quando non avrebbe gridato il suo nome e gli avesse affondato le unghie nella schiena – probabilmente non avrebbe frenato la sua lussuria o risolto il suo problema. Ma di sicuro gli sarebbe piaciuto.

CAPITOLO 11

Il mattino successivo, Tammy trascinò il culo giù dalle scale, sapendo di aver un pessimo aspetto. Aveva dormito solo a tratti, infastidita da strani sogni che riguardavano un orso che si trasformava in Reid e lupi che non erano lupi, ma uomini.

Devo smetterla di guardare il Canale SyFy via cavo. A quanto pareva, la sua mente desiderava fornire una spiegazione sopranaturale agli eventi più mondani. Una cosa pazzesca e probabilmente causata da un fuso orario strano, un clima ricco di ossigeno, una cosa da Alaska. Forse la mancanza delle esalazioni delle macchine stava alterando la sua chimica. Sapeva che i suoi ormoni stavano giocandole un brutto scherzo. Avevano iniziato dal momento in cui aveva incontrato Reid e si erano sovraccaricati nel momento del loro inaspettato e ardente abbraccio. Non riusciva ad evitare di rivivere il momento elettrificante del bacio, un bacio che l'aveva mandata fuori fase.

Un semplice abbraccio non doveva avere il potere di farle sentire tanto desiderio, come fosse un'adolescente alla prima cotta. Il semplice ricordo non doveva farle bagnare le mutandine, ancora e ancora. La prospettiva di vedere Reid non avrebbe dovuto lasciarla praticamente senza fiato per l'attesa e la delusione, quando entrò nella cucina e scoprì che era già andato a lavorare.

Ursula era affaccendata in cucina, friggendo la pancetta, girando i pancakes e versandole il suo succo.

"Posso darti una mano?", si offrì Tammy.

Le rispose con uno sbuffo. "Bambina, il giorno in cui avrò bisogno di aiuto per preparare la colazione per una persona sarà arrivato il tempo di seppellirmi. Sono abituata a a dare mangiare a gruppi di grossi uomini. Dare da mangiare a una piccolina come te non è un problema, quindi appoggia il sedere e smetti di sentirti un ospite. Mi piace cucinare, non mi pesa."

Piccolina? Tammy collassò, praticamente in stato di shock. Prima Reid l'aveva sollevata come se fosse una piuma, e ora sua nonna si comportava come se non fosse un'oca grassottella che portava un quarantacinque di piede. La sua autostima poteva davvero crescere, grazie alle persone buone che stavano in quel posto. "Non voglio approfittarne."

"Non lo stai facendo. Davvero, mi piace sentirmi utile." Con un sorriso, Ursula prese alcune posate, un tovagliolo, e una bottiglia di sciroppo – quello originale di acero – dal bancone di fronte a Tammy, mentre contemporaneamente coordinava i propri movimenti in modo da riuscire a staccare la pancetta dalla padella e versare dei morbidi pancake perfetti in un piatto.

Poesia culinaria all'opera.

Tammy aveva appena terminato di dare alcuni paradisiaci bocconi, quando la fece strozzare. "Allora, cos'è successo che ho sentito che ieri notte hai picchiato mio nipote?"

Alcuni minuti dopo – dopo che l'anziana, sorprendentemente forte, le diede diversi colpi ben assestati sulla schiena e un goccio di succo di arancia – Tammy ritrovò la voce. "Io, uhm, ho pensato che fosse un orso."

Ursula ridacchiò sotto i baffi. "Lo è, specialmente quando non mette un cucchiaio di zucchero di canna nel suo caffè mattutino. Ho anche saputo che ti ha offerto una piacevole visione. Quel ragazzo, anche da bambino non si teneva mai i vestiti addosso."

"È stata colpa mia, per non essere rimasta a letto. Sono sicura che non voleva farmi vedere così tanto di lui." Un'immagine di nudo che sarebbe rimasta probabilmente nella sua memoria per il resto della sua vita. *Qualcuno dovrebbe fargli una foto o in ritratto da nudo. Potrebbe rivendere le copie per una fortuna.*

E lasciare Tammy sull'orlo della bancarotta per aver speso tutti i propri risparmi, per comprarne una a sua volta.

"Parlando di quel birbante, mi ha detto che se hai bisogno di tornare in ufficio, puoi chiamare la sua segretaria e qualcuno verrà a prenderti."

Considerando la pila di documenti che si era portata dietro, Tammy aveva già più del necessario per tenersi occupata. Ciò avrebbe anche diminuito la tentazione di andare a cercare Reid e arricciare le labbra per ripetere il bacio della notte precedente.

Le donne disperate non sono sexy.

Non sono disperata. Solo eccitata.

Quelle scartoffie noiose risolsero il problema. Tammy passò la mattina e gran parte del pomeriggio spulciando i registri dei camion e i resoconti degli incidenti. Analizzò le schede di manutenzione e degli stessi conducenti. A quanto pareva, Reid gestiva un'impresa regolare, profittevole che, a differenza di molte altre, prevedeva la manutenzione puntuale dei camion, al fine di mantenerli allineati agli standard di sicurezza.

Inoltre la tempistica delle esportazioni provenienti dalle mine e dalla pesca era estremamente efficiente perché coincidevano con i rifornimenti che arrivavano in città.

Quindi da cosa era causata quell'ondata improvvisa di sfortuna? Se Tammy avesse dovuto lanciarsi in fantasiose teorie complottistiche, avrebbe detto che probabilmente qualcuno stava cercando di sabotarlo. Il che era pazzesco. Una di quelle cose che accadono solo nei libri e nei film. La vita reale includeva la propria quantità di malvagi, ma quella era l'Alaska e, nonostante le lunghe distese di terra selvaggia, lì prevalevano la legge e l'ordine.

Ma la sfortuna esisteva, e inoltre c'era sempre il regno degli eventi improbabili. Supponendo che quelli non fossero incidenti, allora chi ne avrebbe beneficiato? Dato il fragile equilibrio con il quale quella città otteneva le merci durante i mesi bui e freddi dell'anno, mandare fuori rotta un carico significava danneggiarla. E così tanti in così poco tempo? Erano la città e l'azienda a subirne le conseguenze, e quello fu il motivo per cui non si sorprese quando chiamò Jan per verificare le scorte e scoprì che era stata programmata un trasporto di emergenza.

"Quando parte?", chiese Tammy.

"O domani o dopodomani. Reid solitamente aspetterebbe di avere un carico completo in uscita, ma alcuni concittadini si stanno lamentando perché mancano alcune cose di cui hanno bisogno. In questo momento Travis e Boris stanno preparando il camion."

Tammy attaccò il telefono e si accigliò, anche se non sapeva il perché. Forse era il suo sesto senso, ma sentiva che questo viaggio era una cattiva idea. Probabilmente si stava solo agitando per nulla, visto la paura che aveva provato con i lupi durante il suo viaggio.

Eppure, sono arrivata sana e salva. Tutti ce l'abbiamo fatta.

Dopo cena, quella sera, di nuovo senza Reid –*mi sta decisamente evitando* – Ursula, dopo essersi scusata varie volte, andò all'incontro con il suo gruppo di lavoro a maglia. Si era offerta di cancellare l'appuntamento, ma Tammy si era rifiutata.

"Non cambiare i tuoi piani per me. Vai. Divertiti. Ho un sacco di cose da fare per tenermi occupata," disse ridendo, indicando il plico di fogli.

"Ho lasciato un messaggio a Reid dicendogli di portare il suo grande culo peloso a casa e tenerti compagnia."

"Non ce n'è bisogno. Starò bene, almeno fino a quando non mi sembrerà di vedere un orso cercare di aprire una porta," disse Tammy ridendo.

"Il che mi ricorda..." Ursula filò via e ritornò con un fucile e una scatola di munizioni. La porse a Tammy, che la prese con uno sguardo perplesso. "La maggioranza degli orsi da queste parti sono buoni, quindi probabilmente non avrai bisogno di sparare ma, in caso tu ti senta in pericolo, devi avere qualcosa di meglio che una padella in mano."

"Cosa succede se si usano i tranquillizzanti?" Chiese Tammy, mentre apriva l'arma e ne controllava le camere.

"Non c'è niente come colpire un animale selvatico con un pallettone per farlo scappare via con la coda tra le gambe," disse Ursula con un sorriso a trentadue denti. "Funziona bene anche con gli spasimanti indesiderati. Il mio Tommy, che riposi in pace, potrebbe confermarlo."

Nonostante pensasse che Ursula stava esagerando, Tammy scoppiò a ridere. *Oh, in questo momento mio padre si innamorerebbe di lei.*

Tammy appoggiò il fucile contro alla parete, riprese il suo posto sul divano e cercò di concentrarsi sui documenti che doveva ancora leggere. Ma la sua concentrazione non collaborava. Sola in casa, non riusciva ad evitare di notare ogni scricchiolio, gemito e sospiro della struttura. Saltava e si girava, odiando quell'attesa che le toglieva il fiato ma, considerati gli eventi che si erano susseguiti negli ultimi due giorni, era incapace di trattenere la sua ipersensibilità. Controllò addirittura le porte, per assicurarsi che fossero chiuse a chiave. Se Reid fosse arrivato senza la chiave allora, purtroppo, avrebbe dovuto bussare per entrare. Non sapere niente di lui in qualche modo la faceva sentire meglio. Se quello faceva di lei un'oca, allora qua, qua.

Rat-ta-ta.

. . .

Quei tocchi rapidi alla porta, per quanto se lo aspettasse, la fecero sussultare. Tammy sfilò le gambe da sotto al sedere, si alzò, e si sistemò il maglione. Non si era messa il pigiama, come era solita fare in casa, decidendo invece di restare con i pantaloni da yoga e il suo comodo maglione, caldo ma attillato. Si sistemò i capelli con le mani e si diresse alla porta. Quando bussarono di nuovo rispose, aspettandosi di vedere Reid. Invece, si trovò davanti uno sconosciuto.

Che genio di città. Non avrebbe mai aperto la porta di casa sua senza prima controllare chi fosse. Ora, era troppo tardi.

"Salve, posso aiutarla?", chiese.

"L'orso è in casa?", domandò un uomo, il cappuccio della giacca a vento che gli ricadeva sulla fronte rendendone i lineamenti indistinti, Ma, di nuovo, chi poteva biasimarlo, visto il vento che faceva di tutto per catturare ogni centimetro di pelle esposta nel suo gelido abbraccio?

Perché tutti parlavano di orsi da quelle parti? "Se intende Reid, allora no. Vuole lasciare un messaggio?"

"In un certo senso. Venga con me."

Tammy che, grazie al suo istinto da ragazza di città, non aveva ancora aperto del tutto la porta, spinse ancora di più il piede contro di essa, mentre diceva, "Mi scusi? Io non la conosco e di sicuro con lei non vado da nessuna parte."

"Lei è la ragazza dell'assicurazione che vuole risposte rispetto a quello che sta succedendo ai camion eccetera?"

Era chiaro che quel tipo sapeva chi fosse, ma ciò non la convinse a fidarsi di lui. "Sì, sto cercando risposte."

"Allora venga con me."

Neanche per sogno. Qualcosa di quell'uomo le faceva accendere tutti i campanelli di allarme. "Lei chi è?"

"Non ho tempo per delle fottute chiacchiere. Lei viene con me, e punto."

Allungò un braccio attraverso la porta per afferrarla, ma Tammy se lo aspettava. Appoggiò tutto il corpo contro al portone, incastrando il braccio e spingendo.

Lui iniziò ad urlare e a colpire la porta, e lei retrocesse di alcuni centimetri, dato il peso maggiore di lui e la sua forza. Non si trovava in una situazione favorevole. E così Tammy fece quello che qualunque ragazza che aveva preso lezioni di difesa personale avrebbe fatto. Si sporse in avanti e gli morse la mano. Forte.

Come c'era da aspettarsi, il tizio urlò e allontanò la mano ferita dai suoi denti, e lei non perse tempo e sbatté la porta, chiudendola a chiave.

Tuttavia, ciò non sembrò disorientare l'uomo, anche se lei iniziava a pensare che fosse matto, che iniziò a colpire forte la porta, dicendo, "Apri, stupida stronza. Il capo mi ha detto di portare il tuo culo da lui, e maledizione, verrai con me."

Visto gli scherzetti che Reid era abituato a fare quando era ragazzo – e con cui Ursula l'aveva deliziata – avrebbe scommesso che lui probabilmente avrebbe risposto violentemente con i propri pugni a chiunque avesse agito in quel modo. E sì, forse era perverso da parte sua, ma una parte di lei avrebbe voluto vederlo all'opera.

"Il prezioso alfa della città non è qui. Non è neanche vicino. Ci siamo solo tu ed io, oh, e un paio di miei amici pelosi."

Cos'ha detto?

L'uomo rilasciò un fischio acuto, ma non fu quello a farla rabbrividire. Fu la risposta ululata dei lupi, l'inquietante guaito che giunse in un'incredibile coincidenza temporale, date le sue parole. Ma era abbastanza razionale da non credere che questo tipo comandasse un branco di lupi. Però, cani....

Comunque sia, se credeva davvero che lei avrebbe aperto la porta, era completamente fuori di testa. Regola numero uno: non andarsene mai con il proprio assalitore. Il che si accompagnava con la regola numero due: non aprire la cazzo di porta.

"Ti pentirai di non essere venuta con me," urlò, mentre calciava la porta. Il solido legno resistette.

"Incredibile. È come stare in uno stupido film di serie B," grugnì, mentre afferrava il fucile e si posizionava davanti alla porta. Nonostante la sua minaccia, la maniglia non si girò - e se ci avesse provato, comunque la serratura lo avrebbe fermato. Non sentì nessun rumore di vetri infranti, e l'ululato cessò.

Si era quasi convinta stesse bluffando e che se ne fosse andato, quando si spensero le luci.

CAPITOLO 12

Appena dopo le sette, Jan infilò la testa nell'ufficio di Reid. "Vado via, capo, e dovresti farlo anche tu."

"Appena finisco questo." E per finire, intendeva stare lì abbastanza da assicurarsi che Tammy sarebbe stata a letto – senza di lui.

"Finire cosa? Travis e Boris non se ne andranno fino a dopodomani. La tubatura che perde dovrà aspettare fino a quando Danny non apre il negozio domattina. Non hai nessun documento sulla scrivania e non hai ancora mangiato un pasto decente oggi."

Perché la carne che voleva lui non era del menù. "Ho pranzato tardi."

"Sembri una bella femminuccia, invece che un grande e forte orso."

"Considerando che sei sotto di me nella catena alimentare, stai sfidando la sottile linea che separa l'amicizia dalla cena."

Un sopracciglio biondo perfetto si aggrottò, mentre Jan diceva sfacciata, "Grande uomo forte non vuole ammettere che piccola umana carina lo spaventa, e per questo minaccia sua segretaria perfetta."

"Perfetta?" Rise. "Non so se mi sbilancerei tanto."

"Ehi, se tu puoi mentire sull'attrazione che provi e sui problemi che ti portano ad evitare la ragazza di città, allora io posso fare finta di essere in lizza per un aumento di grado e per il posto di impiegata dell'anno."

"Non so cosa ti fa pensare che sia attratto da lei."

"Vediamo. Quando era qui ieri, le hai fatto fare la visita con il più vecchio e il più sposato dei tuoi impiegati."

"Tom è esperto." E anche molto devoto a sua moglie. Non che quel pensiero gli avesse attraversato la mente quando lo aveva selezionato.

"Hai chiamato Ursula circa sei volte oggi per controllarla."

In realtà erano state otto. Non che le avesse contate; lo stupido registro delle chiamate lo aveva preso in giro l'ultima volta che aveva richiamato il numero. "È ospite in casa mia."

"E se ti dicessi che Ursula è uscita per andare al raduno del lavoro a maglia e ha lasciato l'umana da sola?"

Sola, con addosso quel ridicolo pigiama che supplicava di venire strappato dal suo corpo da un grande, forte orso? "Casa mia è dotata di un satellite e centinaia di canali. Sono sicuro che possa trovare qualcosa con cui intrattenersi."

"Qualcuno trova una risposta per tutto, quindi immagino che non ti preoccupa il fatto che qualcuno abbia visto dei lupi sulla costa est."

Jan non aveva ancora finito la frase che lui si stava preparando per andarsene. Ignorò la sua risata, mentre si vestiva per affrontare il freddo.

"Vai di fretta, capo?"

Quella stupida zip ce l'aveva con lui! "Voglio solo essere sicuro."

"Oh, per favore. Ho menzionato i lupi per scherzo. In quella zona ci sono sempre lupi selvatici."

"È così, il che significa che nessuno sospetterebbe se fossero parte della banda che ha avvicinato Travis e Boris sulla strada."

Spalancò gli occhi. "Non pensi...certamente, nessuno è così stupido da inseguire un'umana che si trova sotto la tua protezione. Quel tipo di attenzione significherebbe superare i limiti, anche se si tratta di una questione di supremazia."

"Quindi credi che gli attacchi siano una sfida per il potere?"

"Mi sembra probabile."

"Chi altro la pensa così?" Jan si strinse nelle spalle, mentre si allacciava la zip della giacca a vento; lei senza problemi, a differenza di lui, la cui cerniera continuava a bloccarsi a metà, i denti incastrati nel tessuto. "Praticamente lo dicono tutti. Non pensiamo che possa succedere nulla comunque."

"Il che significa?"

"Sappiamo che tu te ne occuperai."

Nonostante volesse credere all'affermazione di Jan, secondo cui nessuno poteva avere le palle di assalire qualcuno in casa sua, Reid accelerò sulle strade ghiacciate più di quanto non avrebbe dovuto fare. Forse era l'istinto da orso, ma la sensazione serpeggiante che ci fosse qualcosa che non andava non lo abbandonava. Le diverse chiamate a casa sua continuavano a terminare nella segreteria telefonica, ma ciò non significava nulla. Con sua nonna fuori, probabilmente Tammy non pensava di dover rispondere. La cosa più intelligente da fare per tranquillizzarsi sarebbe stato chiamarla al cellulare, se avesse avuto il numero. Ma non se ne era preoccupato, e così ora la mancanza di contatto faceva digrignare i denti per l'agitazione. a lui e all'orso che lo accompagnava.

Quella sensazione si intensificò quando, una volta imboccata la sua strada, notò la mancanza di luci in casa sua.

Non significa che ci sia qualcosa che non va. Magari Tammy è andata a dormire. Prima delle otto di sera? Spalancò la portiera del camion così velocemente da sfilarla quasi dai cardini, il suo orso infuriato per la visione di piccole tracce di lupo che attraversavano la neve nel suo giardino. Quelle orme non appartenevano alla sua gente. I lupi selvatici si erano azzardati a invadere il suo territorio. Si erano azzardati ad avvicinarsi a casa sua.

Grrr. Non riuscì a trattenere un grugnito, conseguenza del fatto che sapeva che era un comportamento strano, considerando che casa sua era stata segnata – personalmente e abbondantemente – in diversi punti. Qualcuno aveva portato i lupi giusto sulla sua porta di casa, e cò non gli piaceva per niente.

Attraversò l'ingresso ghiacciato e salì i gradini del

portico. Afferrò la maniglia della porta e la girò; era chiusa. "Che cazzo!"

Nessuno chiudeva la porta a chiave da quelle parti. Nessuno, a parte una ragazza di città, avrebbe scommesso.

"Tammy, se sei lì, apri la porta," muggì, bussando. "Ta-m-m-m-y!"

Il click degli interruttori si interruppe e quando aprì la porta, scansionando brevemente l'interno oscuro, vide la canna del fucile di sua nonna che lo puntava.

"Stai davvero minacciando di nuovo di farmi male fisicamente?" chiese, annusando l'aria per assicurarsi che non fosse ferita.

"Voglio solo essere sicura di essere preparata in caso tu stia entrando sotto costrizione." Per essere una ragazza che teneva in mano un'arma carica pareva essere piuttosto controllata, anche se sotto alla maschera di spavalderia, poteva sentire un filo di paura.

"Prima di tutto, cosa ti fa pensare che qualcuno potrebbe obbligarmi a fare qualcosa? Secondo, costretto da chi? E terzo, perché manca la luce?"

"Chiudi la porta, fuori fa freddo," disse rabbrividendo, mentre abbassava il fucile.

Lui sbatté la porta e avanzò verso di lei. Lei si fece indietro.

"Sto aspettando." Grugnì. "Risposte. Ora."

"Versione breve. Qualcuno ha bussato alla porta. Ho risposto. Mi ha chiesto di andare con lui. Ho detto di no. Non gli è piaciuto. E poi, qualche minuto fa, è mancata la luce."

"Ti ha detto chi era?"

"No. Ha affermato di sapere perché sono spariti i carichi. Ma che sarei dovuta andare con lui se avessi voluto scoprire la risposta."

Almeno era stata abbastanza intelligente da non andarsene con quello sconosciuto. "Sono sorpreso che tu non sia andata con lui. Il tuo lavoro non consiste nel seguire tutte le tracce?"

Si strinse nelle spalle. "Non mi piaceva la sua faccia, e non sopporto molto gli ordini."

"Beh, sarà meglio che inizi a farlo, perché voglio che resti qui in casa mentre io vado fuori a controllare se si trova ancora nei paraggi." Aveva intenzione di controllare anche la linea elettrica collegata a casa. Avrebbe scommesso il suo ultimo centesimo che l'interruzione non era dovuta alla caduta accidentale della linea.

"Sei sicuro che sia una buona idea? Non dovremmo chiamare la polizia o qualcosa del genere?"

"Per dirgli cosa? Che uno sconosciuto ha bussato alla porta e ti ha chiesto di seguirlo?"

"Un uomo trasandato che ha cercato di entrare con la forza quando gli ho detto di no. Poi la corrente se n'è andata."

"Succede spesso." Era vero; tuttavia di solito accadeva a causa delle tempeste e non perché qualcuno tagliava il cavo.

Lei lo guardò. "Perché stai cercando di farmi passare da paranoica?"

"Sto solo dicendo quello che direbbe la polizia."

"D'accordo. Se vuoi confrontarti con questo tipo e i lupi qui intorno, accomodati." Si diresse verso la porta, la spalancò, e indicò il freddo che attendeva fuori.

Spalancò gli occhi. "Mi stai dando il permesso?"

"Sì, e ti dispiacerebbe fare in fretta? Tutto il calore sta uscendo."

Divertito dalla novità, un' umana che gli dava ordini, Reid uscì di casa per andare ad indagare. Non si tratenne dal ridacchiare quando sentì Tammy che chiudeva la porta a chiave dietro di lui.

Stupida ragazzetta di città. Non sapeva che una semplice porta non poteva proteggerla se avesse deciso di entrare?

Tuttavia non poteva biasimarla per prendere precauzioni; non sapeva che la sua protezione, in forma animalesca, era arrivata. Inoltre, a giudicare dal vetro rotto che sentì provenire dal retro della casa, non lo sapevano neppure gli assalitori.

In pochi secondi i suoi vestiti – inclusa la giacca strappata con la zip testarda – toccarono il suolo innevato, e un orso Kodiak irritato si mosse pesantemente per trovare coloro che si erano azzardati a minacciare ciò che era suo.

CAPITOLO 13

Quel pezzo di idiota era tornato fuori. Tammy non riusciva a crederci e, nonostante sapesse che era lì, magari con uno psicopatico a cui piaceva terrorizzare le donne, chiuse la porta a chiave dietro di lui.

Se Reid aveva voglia di mostrare la sua mascolinità, allora era prerogativa sua. Tuttavia, non avrebbe reso facile l'acceso a nessuno. Non gli aveva neanche offerto il fucile il che, ripensandoci, era stato piuttosto egoista. Si giustificò, comunque, pensando che lei ne aveva più bisogno di lui. Lui era un ragazzone. Probabilmente poteva difendersi e, vista la natura selvaggia di quella zona, era probabile che Reid portasse con sè qualche tipo di arma – e non solo quella caricata nei suoi pantaloni.

Scommetto che è piuttosto abile con i pugni. Le sembrava un tipo da combattere a mani nude. Uno dei ragazzi della scuola che facevano a pugni, anche se si chiese chi sarebbe stato tanto stupido da sfidarlo. Nonostante molti degli uomini della città sembrassero più grossi di quelli a cui lei era abituata, Reid non aveva rivali in quanto a misure e aspetto minaccioso. Beh, forse minaccioso per gli altri. Tammy non aveva avuto paura di lui, nemmeno quando aveva alzato il suo vocione o l'aveva tenuta ferma. Al contrario, quando aveva cercato di intimidirla, le aveva fatto ribollire il sangue e l'aveva spinta a confrontarsi con lui – soprattutto perché lei non lo molestasse. *Cos'è che mi fa venire voglia di violentarlo quando si pone tutto dominante e ringhioso?*

Non lo capi –

Il rumore di vetri rotti interruppe il suo flusso di pensieri, e il fucile nella sua mano si alzò, puntando l'arcata che dava alla cucina. Almeno, pensò di puntare in quella direzione. L'unica illuminazione ad aiutarla proveniva dall'esterno – il che rendeva il buio pesto di una tonalità più chiaro – visto che non aveva avuto il tempo di accendere le candele, tra il blackout e l'arrivo di Reid.

Un vortice di aria fredda investì la stanza, alzandole ciocche di capelli, e facendole venire la pelle d'oca, nonostante il maglione che indossava. Un brivido le attraversò tutto il corpo, ma non solo per la bassa temperatura, quanto piuttosto per la vicinanza dell'ululato che sentì. Sembrava che i lupi fossero proprio lì fuori.

Dove si trovava Reid!

Cosa doveva fare? Le aveva detto di restare in casa. In realtà, glielo aveva ordinato ma, innanzitutto, Tammy non era propensa ad obbedire e, secondo, voleva davvero essere una di quelle ragazzette codarde che si chiudono dentro al sicuro, quando aveva un fucile e, grazie al suo defunto padre, aveva l'abilità di colpire l'obiettivo?

Diversi guaiti e ululati si alzarono tutti insieme, come

se fossero la risposta alla sua domanda mentale. Abilità di mira o no, solo un idiota sarebbe uscito là fuori, in minoranza numerica, e al buio. Ma ciò non significava che non potesse fare danni attraverso il buco che qualcuno aveva sapientemente creato.

Visto che il rumore di vetri rotti veniva dalla cucina, strisciò verso la porta di entrata. Avrebbe scommesso che quello strano tizio aveva cercato di intrufolarsi in casa attraverso l'entrata laterale, rompendo la finestra. Se stava cercando di girare la maniglia - ti prego, fai che sia ancora fuori e non mi stia aspettando dall'altra parte di quella dannato arcata – allora magari poteva spaventarlo e farlo scappare. Probabilmente non si aspettava di incontrarsela con un'arma in mano. E, se non la stava aspettando, allora avrebbe sparato qualche colpo per spaventare quelle minacce pelose che attendevano lo spuntino serale. E poi, avrebbe salvato la pelle a Reid, e lo avrebbe reso così, oh, così grato – così grato che avrebbe dovuto dimostrarle la sua riconoscenza, magari, con un po' di fortuna, nudo.

Un grande piano, se non fosse stato per un grande problema. Quando arrivò in cucina, non c'era nessun invasore umano ad attenderla. No. Neppure il buio poteva impedirle di riconoscere quegli occhi gialli selvatici che le arrivavano quasi all'altezza della vita. E cattivi. E probabilmente desiderosi di trasformare una ragazza di città in uno spuntino.

Ringhiò.

Lei rilasciò un "iip!" di sorpresa, e poi gli allenamenti a cui si era sottoposta negli anni ebbero la meglio. Poteva praticamente sentire suo padre e il suo lieve sussurro da baritono, "Inspira. Posiziona il braccio e prendi la mira. Avrai solo una possibilità. Non sprecarla."

Aveva appena puntato, quando sparò. Anche se Tammy se lo aspettava, il rinculo la fece indietreggiare di un passo. Dato il piccolo spazio in cui si trovava, lo scoppio le fece suonarei timpani ma, nonostante ciò, non si perse l'urlo di dolore che giunse quando la pallottola colpì il bersaglio.

Prenditi questa, lupo!

Un lupo che non si muoveva. No, nonostante il mugugno dicesse chiaramente che la pallottola lo aveva colpito, quell'immensa ombra stava ancora in piedi nella cucina; lei si trovava ancora davanti a quella bestia, solo che adesso questa la fissava attentamente.

"Mi prendi per il culo?" Aveva la rabbia? C'era sicuramente qualcosa che non andava con quel lupo, perché sarebbe dovuto scappare di corsa. *E non dovrebbe neanche stare in cucina, visto che non può aprire le porte.*

Ovviamente qualcuno lo aveva fatto entrare e lo aveva addestrato per resistere.

"Spero davvero che non ci siano leggi che mi puniscono se prendo la tua pelliccia, bellezza, perché me la porterò a casa e mi ci farò un paio di manopole, come punizione per avermi spaventato," brontolò, mentre prendeva di nuovo la mira.

Ma prima che potesse sparare di nuovo, un ruggito – il cui tremore le fece vibrare il corpo intero – ruppe l'aria. Ciò attirò l'attenzione del lupo. E anche la sua.

Che diavolo era successo?

Il lupo girò la testa per guardare dietro di lui e, anche se non poteva vedere cosa stava facendo, vide chiaramente la velocità con cui girò i tacchi, la coda tra le gambe, e uscì dalla porta.

Qualunque cosa avesse avuto il potere di far rinunciare il lupo a uno snack gustoso e pienotto, lei non voleva incontrarla. Ciò non la impedì di attraversare la cucina, con la scusa di chiudere la porta perché non entrasse il freddo.

Che bugia. La curiosità uccise il gatto, e probabilmente avrebbe messo fine alla vita di Tammy, ma non poteva non dare un'occhiata. Doveva vedere cosa aveva portato un lupo adulto, che si era mostrato estremamente aggressivo, a scappare come un cagnaccio.

Appoggiò la mano sulla maniglia e si paralizzò. Addio al pensiero di chiudere la porta. Restò pietrificata quando vide un enorme orso, che avrebbe giurato essere lo stesso che aveva già visto prima. Il lupo, che non era riuscito a scappare in tempo, era scivolato sul suolo ghiacciato, gli artigli conficcati in esso.

Il concetto di vita selvaggia si era spinto troppo oltre, anche per lei. Davvero. Un lupo gigante e un orso nel giardino? A quanto pareva avrebbe dovuto prendere in mano il telefono più spesso mentre si trovava lì, per iniziare a registrare tutte le cose assurde che succedevano, perché nessuno l'avrebbe creduta. Diavolo, persino lei faceva fatica a credere a quella follia. *Ho bisogno di un testimone.*

Il che le ricordò...Dove diavolo era Reid, mentre tutto ciò accadeva? Si sarebbe aspettata di vederlo correre al rumore dello sparo. Il non vederlo le fece pensare che non era in grado di farlo. Magari giaceva nella neve, ferito, morente, bisognoso del suo aiuto.

Aiuto che non poteva offrirgli, circondata com'era da due predatori che emettevano bassi grugniti. Avrebbe potuto approfittare del fatto che fossero troppo occupati a lottare, per dileguarsi e cercare Reid? Troppo rischioso. Doveva spaventarli e farli scappare.

Il testosterone, anche quello animale, non poteva competere contro un'arma, o almeno fu quello che ipotizzò, mentre ricaricava la camera vuota del fucile con altre pallottole che teneva in tasca.

Ok, quando la luce era andata via, il suo primo pensiero non era stato quello di trovare un candela, ma di armarsi. Ora poteva ringraziare il suo istinto che, per quanto fosse la fonte anche di paranoie, le aveva fatto preferire la protezione all'illuminazione.

Con entrambe le camera caricate, abbassò la canna del fucile, indecisa su quale colpire per primo, un compito reso più difficile dal fatto che ora i due animali pelosi stavano lottando. Si strinse nelle spalle, puntò alla massa di pelo e sparò.

Cai! Il lupo venne colpito dalla prima pallottola – tecnicamente la seconda, facendo di quello il suo giorno sfortunato. Con un basso ululato – che sicuramente significava *tornerò a prenderti, stronza* – lasciò la lotta e scappò. L'orso pareva intenzionato a rincorrerlo ma, giusto per sicurezza, Tammy decise di dargli un ulteriore incentivo e, visto il grande bersaglio che si trovava davanti – cioè il suo grande culo peloso – sparò. E colpito! L'orso ruglì, e inspiegabilmente quel suono le fece pensare a Reid, quando lo aveva colpito con la padella. Sua nonna aveva ragione. *Sembrava proprio un orso irascibile.*

Prima che potesse colpirlo di nuovo, perché quell'ultimo sparo non lo aveva fatto scappare, arrivò correndo un altro lupo gigante dal lato della casa, e girò per un attimo la testa arruffata per guardarla. I suoi occhi vivaci, pieni di un'intelligenza che sicuramente lei si stava solo immaginando, incontrarono il suo sguardo. Il secondo canide procedette a grandi passi in direzione del lupo e dell'orso. Beh, almeno verso il lupo. L'orso ebbe un'altra idea. Pareva che il suo tentativo di farlo allontanare le si stesse ritorcendo contro.

Uh-oh.

Sì, era buio, la luna argentata illuminava solo minimamente il giardino, ma non ebbe dubbi rispetto a ciò che fece l'orso. Si girò. La guardò. Sbuffò. Si alzò, e oh sì, iniziò a camminare nella sua direzione.

"Oh porca troia," Tammy maledì, mentre indietreggiava verso la falsa sicurezza della casa. Le sue dita cercarono le munizioni nella tasca, il semplice atto di ricaricare ritardato dal tremore delle sue mani.

E che l'orso ringhiasse non la aiutava. Non era un ringhio di felicità, ammesso e non concesso che potesse essere un'alternativa plausibile.

Perché quando serviva, non c'era mai un cestino da pic-nic o una guardia forestale a portata di mano?

"Merda. Merda. Merda." Guardò la sua arma, distogliendo lo sguardo da quel mostro per un minuto. Riuscì a infilare le pallottole nelle camera vuote, chiuse il fucile e lo alzò per mirare, ma non sparò.

Le cadde la mandibola a terra e smise di respirare quando, invece di un orso, vide di fronte a sé un Reid molto nudo che, con la voce da orso molto arrabbiato, diceva "Non azzardarti a sparare."

CAPITOLO 14

Dal giorno in cui Tammy, la ragazza paffutella di città, era finita tra le braccia di Reid, questa non aveva fatto altro che gettare scompiglio nella sua vita, corpo ed emozioni. Gli aveva anche sparato. Nel CULO! Come se non bastasse, con pallettoni di argento e, cazzo, come bruciava.

Quindi non fu una sorpresa quando Reid notò il suo beta – che nella sua forma di lupo poteva correre molto più velocemente con le natiche intatte – sorpassarlo mentre lui si girava per confrontarsi con il tormento della sua vita. La sirena dei suoi sogni. La donna che stava ricaricando il fucile per spargli di nuovo.

Reid aveva agito rapidamente, senza pensare o preoccuparsi, e aveva fatto qualcosa per cui avrebbe punito chiunque del suo clan. Qualcosa così strano per lui. Si era trasformato, anche se non proprio davanti ai suoi occhi, nel momento in cui lei gli aveva tolto stupidamente gli occhi di dosso, per ricaricare la sua maledetta arma. Ma abbastanza vicino perchè, una volta caricata la pistola e puntata, si trovasse davanti a un rabbioso uomo nudo.

"Reid?"

Poteva vedere la confusione nel suo sguardo, sentirlo nel suo tono. Ma lui era completamente lucido, specialmente visto che il sedere gli bruciava ferocemente, a causa dell'argento che reagiva al contatto con la sua carne di mutaforma.

Avrebbe dovuto indietreggiare davanti alla sua collera. Anche Jan, la sua receptionist birbante, o Brody, il suo schietto secondo in comando, sapevano bene che non bisognava provocarlo quando ti aggrediva. Apparentemente, nessuno aveva pensato di avvisare Tammy.

La schiena dritta, gli occhi luccicanti, le guance infiammate, balbettò, "Magari se non ti muovessi furtivamente tutto il tempo io non ti ferirei. A proposito, dove diavolo è l'orso, e stavolta non dirmi che non l'ho visto, Reid Carver? Era proprio lì. E dove cazzo sono i tuoi vestiti? È quello che vorrei sapere. Sai che fastidioso è dover lottare con un uomo nudo?"

"Non tanto quanto prendere una pallottola nel culo, sicuramente," ribatté, girando i fianchi per mostrarle il posteriore ferito.

"Come può essere colpa mia?"

"Mi hai sparato."

"Ho sparato all'orso."

"Già."

E ancora non collegava le due cose. Rifiuto. In alcune persone era più forte che in altre.

"Solo perché sei un uomo grosso e spietato, e in

alcuni punti incredibilmente peloso, ciò non fa di te un orso."

"Oh invece sì." Già, aveva detto la verità. Già, andava contro le proprie regole. Ma non gli importava per niente. *Sono io che faccio le*

regole.

"Mi dispiace dirtelo, ma no, non lo sei. Grande e peloso, sì, ma sei umano quanto me."

"No, non sono un umano come te. Sono un muta-forma. Un orso Kodiak, per la precisione."

Lei scoppiò a ridere. "Sul serio? Non puoi averlo detto davvero. Sarò anche una ragazza di città, ma non sono tanto credulona."

"Allora spiegami come mai hai sparato nel culo a un orso, ma sono io quello ferito." Indicò il suo posteriore. Per quanto sembrasse impossibile, quando arrossiva era ancora più carina.

"Non so come sei stato ferito. Ma so a cosa stavo puntando, e non era umano."

"Esattamente."

"Oh santo Dio, ci credi davvero. Credi di essere un orso sanguinario."

Fu il suo tono beffarlo a farlo accadere. Reid non si era mai trasformato tanto rapidamente in vita sua. E non aveva neppure mai sentito un urlo tanto penetrante.

"Ohcazzoseiuncazzodiorso."

Beh, bene. Almeno adesso mi crede.

Ci credeva, e stava per prendere delle misure di protezione. Rialzò il fucile ma, prima che potesse sparare, lui balzò in avanti e lo fece cadere di lato. Lei urlò e si allontanò da lui, finalmente tremante per la paura. Ma lui non voleva spaventarla. Voleva solo che gli credesse. *E che smetta una volta per tutte di spararmi.*

Visto che aveva appena cambiato di forma due volte in rapida successione, non poteva sopportarne una terza, almeno non per i minuti successivi, forse di più. Tuttavia, come poteva rassicurare Tammy che non le avrebbe fatto del male, nonostante lo stesse facendo impazzire?

Magari sembrando indifeso? Anche se non aveva idea di come potesse sembrare buono un enorme orso Kodiak. Magari poteva iniziare con il non sovrastarla. Si sedette, guaendo quando il suo sedere ferito toccò il suolo, e si rialzò.

Tammy approfittò di quel momento per correre nella cucina e armarsi di nuovo di, oh, la stessa maledetta padella di prima.

Spaventata o no, Tammy non si arrendeva. Gli occhi enormi e il suo tono conservano ancora una nota del suo spirito indomabile, mentre brandiva la padella con un minaccioso "Avvicinati, e ti faccio fuori."

Se avesse potuto, avrebbe sospirato, o magari si sarebbe messo a ridere. *Pensa davvero di potermi fermare con una padella?* Ma visto che le sue corde vocali non potevano emettere nessun suono umano, dovette limitarsi a uno sbuffo.

Lei lo interpretò come un segno di impellente violenza, e gli sventolò davanti la padella con un austero, "Stai indietro, o ti faccio a pezzi le cervella."

Era più probabile che gli avrebbe provocato un mal di testa. Visto che la cosa peggiore che poteva succedere era che lo colpisse sulla zucca, la ignorò per un momento, e si girò per sbirciare il danno che gli aveva procurato.

Il mio povero culo. Anche se la ferita sarebbe guarita in fretta, doveva comunque prima estrarre la pallottola d'argento. Dato il punto in cui si trovava, aveva bisogno di aiuto.

Dov'è mia nonna quando ho bisogno di lei?

Immaginò che avrebbe dovuto aspettare fino al suo ritorno, perché si occupasse di lui.

Quando udì l'ululato trionfante del suo beta, drizzò le orecchie. Sembrava che qualcuno avesse avuto una serata di maggiore successo che la sua. Reid sperava solo che Broody avesse catturato il lupo che lo aveva sfidato per interrogarlo. Qualcosa di quello stupido attacco a casa sua non aveva senso.

L'astuzia che avevano dimostrato nell'attaccare e far sparire i camion non coincideva con la trascuratezza dell'invasione in casa sua. Senza considerare la stupidità. Reid non vedeva l'ora di mettere le zampe sull'orso e –

Tammy interruppe il suo flusso di pensieri. "Ehi, Reid, o dovrei chiamarti Baloo?"

Non poteva appena averlo chiamato davvero in quel modo. Brontolò un avvertimento.

"Ok, Baloo. Quindi, ora che hai dimostrato di essere uno scherzo della natura, ti dispiace trasformarti di nuovo? Nonostante mi stia convincendo che non mi mangerai, non mi sento a mio agio stando in una cucina con un orso dal culo grosso."

Ringhiò.

"Scusa se la verità ti offende, ma davvero, devi ammetterlo, il tuo culo è dannatamente grosso."

Perché tutte a me? Iniziava a preferirla in versione

isterica piuttosto che sarcastica. Dov'era finito il rispetto? L'obbedienza?

Apparentemente, dietro lo scudo che le offriva la padella, quella ragazza di città si sentiva invincibile, o almeno così dedusse lui, mentre lei passava cautamente di fianco dell'isola della cucina, tenendosi a debita distanza da lui, e si dirigeva verso la porta sul retro. "Se non ti dispiace, non tutti siamo dotati di una pelliccia gigantesca e uno strato di grasso che ci mantiene al caldo.

Grasso? Lo aveva davvero appena chiamato grasso? Digrignò i denti. Lei lo ignorò, mentre gli passava di fianco per chiudere la porta a chiave, per sicurezza; il che, visto il vetro rotto, era una contraddizione totale. Una conclusione a cui giunse anche lei.

"Hai del nastro adesivo?", chiese, un momento prima che la cucina riprendesse a brillare. Qualcuno aveva appena ripristinato la luce. A quel bagliore improvviso, lui strizzò gli occhi.

Lei sussultò. "Baloo, stai sanguinando."

Non mi dire. Mi hai sparato. Ovviamente, lei non poteva sentirlo, ma doveva aver colto qualcosa nella sua espressione, perché si morse il labbro. "Immagino che in questo momento chiedere scusa non sia abbastanza. Posso portarti all'ospedale? O da un veterinario?"

Scosse la testa.

"Almeno lascia che ti tamponi la ferita."

Meno impaurita, tenendo la padella sul lato del corpo, Tammy tornò sull'altro lato dell'isola e, miracolo dei miracoli, appoggiò l'arma. Mentre faceva scorrere l'acqua, sparì dalla sua vista, alla ricerca di una tazza.

Ne approfittò per cambiare forma; il processo

impiegò più tempo del solito, e fu più doloroso. Quando si ritrovò, in forma di umano, con le mani e le ginocchia sul pavimento, grugnì.

"Che – ehi, sei tornato. Non che te ne fossi andato. Ma vedo che sei di nuovo solo un uomo nudo."

"Solo?"

"Scusa, un uomo nudo peloso con il culo bucato."

"Mi fa piacere che lo trovi divertente. Nel frattempo, non sei tu che sanguini sul pavimento."

"Ti ho detto che mi dispiace e guarda, ti ho portato un panno caldo per il sangue." Alzò un asciugamano gocciolante.

"Fantastico. Questo lo sistema tutto."

"Non essere così duro con me. Mi stavo solo proteggendo."

"È buffo, perché anche io ti stavo proteggendo, ma ciò non mi ha evitato una ferita."

"Sei il tipo di uomo che si lamenta in continuazione e non sa accettare delle scuse?"

"Accetterò le tue scuse una volta che avrai sistemato questo casino."

"Sistemarlo come?"

"Prendi la valigetta del pronto soccorso, e non dimenticarti le pinzette."

"Perché ho bisogno delle pinzette?"

"Mi hai messo dell'argento nel culo. Ora puoi toglierlo." Non riuscì ad evitare che un sorriso gli curvasse le labbra.

Gli piaceva vederla a bocca aperta e gli occhi spalancati per l'incredulità? Sì, decisamente gli piaceva. Quello che non gli piacque fu quanto sparirono rapidamente, per venire sostituiti da un sorrisetto che andava a braccetto con l'allegria. "Vuoi che giochi a fare l'infermiera, Baloo? D'accordo. Stenditi sul divano. Dove si trova esattamente la cassetta del pronto soccorso con le cose di cui ho bisogno?"

"Nell'armadietto sopra al frigo." Mentre lei andava a prendere il kit, Reid raggiunse la stanza della lavanderia e prese degli asciugamani puliti. Non c'era bisogno di far innervosire sua nonna sporcando il sofà di sangue. Probabilmente avrebbe avuto per lui tanta pietà quanta ne aveva avuta Tammy e, nel caso lo avesse macchiato, glielo avrebbe fatto pulire.

Maledette donne. E pensare che aveva avuto dei pensieri lussuriosi su quell'umana. Beh, non doveva più preoccuparsene. Era guarito. Se l'era dimenticata. Non gli interessava.

Una bugia che durò trenta secondi.

Annichilito sotto il corpo di Tammy, che si era messa a cavalcioni su di lui, non fu in grado di trattenere una reazione di piacere per quella vicinanza. Non che le permise di accorgersene. La sua erezione era nascosta tra i cuscini del divano. Si sporse per guardarla da sopra la propria spalla.

"Cosa stai facendo?"

"Mettermi comoda. È già abbastanza che debba toglierti la pallottola dalle natiche. Non voglio danneggiarmi la schiena piegandomi."

"Il modo in cui ti prendi cura dei pazienti allettati è deplorevole."

"Come lo sai? Non siamo mai andati a letto insieme," lo prese in giro.

Avrebbe volute ribattere, ma invece strinse i denti mentre lei estraeva il primo frammento.

"Allora, da quanto tempo sei un orso?", chiese, in tono da conversazione, mentre operava su di lui.

"Dalla nascita."

Lei si fermò. "Sei nato così?"

"Sì, ma in realtà non ci trasformiamo nel nostro animale fino ai cinque o sei anni. Sempre che ciò accada. A quell'età qualcosa negli ormoni cambia e rende possibile la mutazione."

"Affascinante," mormorò lei. "Hai detto noi. Quindi non sei l'unico che può farlo."

Maledizione. Realizzò di aver scelto le parole in modo maldestro. "No, ce ne sono altri. Ma non molti," si affrettò a dire.

"Tutti nati così?"

"Sì." Più o meno. Ma non c'era bisogno di rivelarle tutti i suoi segreti.

Lei continuò a eliminare le schegge, tamponandolo con il panno caldo, con un tocco più dolce di quanto non si sarebbe aspettato, gentile. Ciò fece sciogliere il suo orso e, nonostante la situazione attuale e il fatto che avesse appena affermato che non voleva niente con lei, non riusciva a trattenere l'eccitazione che bruciava in lui. Diede la colpa all'adrenalina scatenata dalla battaglia. A quale uomo, o animale, non piace una bella scopata dopo la battaglia? Non aveva niente a che fare con le morbide mani della ragazza di città, o al suo odore eccitante.

"È qualcosa che c'è nell'acqua?", disse lei, dopo alcuni minuti di silenzio.

Uhm? "Di cosa stai parlando?"

"Beh, se se siete nati così, e succede solo in questa zona, è chiaro che dipende dall'ambiente. Oh mio Dio. Non dirmi che mia madre aveva ragione. Sono quelle Luci del Nord, vero?"

Lui scoppiò a ridere; non riuscì a trattenersi.

"Ehi, non è divertente."

"Sì, lo è. Prima di tutto, chi dice che i mutaforma stiano solo in questa città?"

"Vuoi che ci sono altri come te, *là fuori*?"

"Nel mondo, ragazza di città. Accidenti, il tuo vicino potrebbe esserlo, e tu non lo sapresti mai."

"Impossibile."

"Perché impossibile?"

"Come si può nascondere una cosa del genere?"

"Facile. Non facendosi vedere dagli umani." Una regola che lui aveva appena infranto. Tuttavia, la buona notizia era che la stava prendendo decisamente bene, ora che lo shock iniziale era passato.

"Non si vede nelle analisi del sangue, o cose del genere?"

"Prima di tutto, cerchiamo di stare alla larga dai dottori umani e, secondo, no, il nostro sangue è normale. Tuttavia, la sequenza del DNA è una storia completamente diversa. Ma evitiamo quei tipi di test."

"È pazzesco."

"Non più pazzesco del fatto che tu creda di potermi fare fuori con una padella."

"Ammettilo, in fondo stavi tremando."

"Di risate."

"Pensavo che tu non ridessi," sottolineò lei.

"Non lo faccio." O almeno non lo faceva spesso

prima che la sua ragazza di città apparisse. E, comunque, non aveva avuto molto di cui ridere da quando aveva preso il comando della città, con le responsabilità che ne conseguivano.

"Quindi, ora che conosco il suo grande, oscuro segreto, mi ucciderai?"

"Che?" Si alzò, per sbirciare sopra la sua spalla, e la trovò a fissarlo in modo serio.

"Ovviamente, voi ragazzi, i mutaforma, o comunque vi chiamiate, volete mantenerlo in segreto. Ciò significa che o conosci un incantesimo o una pozione per mettermi a tacere, oppure dovrai uccidermi."

"Potresti semplicemente promettermi di non raccontarlo a nessuno." *Potrei anche tenerti qui. Mia. Per sempre.* Al suo orso piaceva quell'ultima idea.

"Ti sei fidato di me, una completa sconosciuta, per raccontarmi il tuo segreto?"

Era buffo come fosse proprio lei a tirare fuori quel discorso. Era lo stesso argomento che lui avrebbe usato se qualcun altro del suo clan avesse fatto una stupidaggine del genere. "Stai cercando di convincermi che non dovrei fidarmi di te?"

Mentre applicava il bendaggio pulito sulle sue natiche, ora libere dall'argento, si fermò. "Ovviamente no. È solo che so quanto può essere difficile fidarsi di qualcuno. Pensi che ciò che dicono sia vero. Che credono davvero in quello che dicono, solo per scoprire più tardi che sono bugiardi, disposti a tradirti in un battito di ciglia."

Capì in quel momento che non si riferiva a quella situazione, ma al suo passato. Un passato in cui evidentemente alcuni l'avevano portata ad essere cauta quando si trattava di fidarsi degli altri.

"Cosa suggerisci di fare? Hai ragione. Forse dovrei arrendermi all'evidenza. Voglio dire, guardiamo i fatti, tutto quello che hai fatto da quando ti ho incontrato mi ha danneggiato. Ovviamente, tu per me sei una minaccia."

"Io?" Il modo in cui squittì svegliò il predatore in lui – oltre ad altre cose.

Quando tentò di scappare, e i suoi piedi toccarono il suolo, pronta alla lotta, lui rotolò sul fianco e la afferrò, un braccio intorno alle sue cosce, intrappolandola. Premendo le dita sulla sua vita, la obbligò ad inginocchiarsi di fianco al divano, abbastanza vicino da permettergli di afferrarla con l'altra mano dalla nuca e avvicinarla a sé. Abbastanza da sussurrare vicino alle sue labbra.

"E dove pensi di andare, ragazza di città?" Perché non capiva che aveva risvegliato la sua lussuria animalesca? Non c'era luogo in cui potesse scappare senza che lui non la trovasse. *Perché lei è mia.*

CAPITOLO 15

Dove sto andando? Era una domanda che poteva avere diverse risposte. Lontano era probabilmente quella più saggia. Pazza era probabilmente la più appropriata. Ma non andare da nessuna parte finì per essere la sua scelta, una volta che Reid inclinò la bocca su quella di Tammy.

Come era accaduto in precedenza, un fuoco improvviso incendiò il suo sangue. La toccò, e lei si sciolse. Dimentica del fatto che aveva passato gli ultimi momenti estraendo i frammenti dal suo culo di marmo. Chi se ne importava se si trasformava in un enorme orso peloso? O che qualcuno aveva cercato di rapirla?

Reid la baciò, reclamò le sue labbra, e lei non riuscì a pensare ad altro se non l'immediato complesso di piacere che le provocava il suo tocco. E che intendeva provocarle.

Lui prese la sua testa in una mano, mentre l'altra si infilò sotto il bordo della maglietta, il grande palmo che toccava la pelle della sua schiena, un elettrificante tocco della pelle. Le mani di lei restarono sul suo petto nudo, a stringere i forti muscoli delle sue spalle, scorrendo sui suoi capezzoli, e il pelo che li copriva. Poteva sentire il battito del suo cuore, il ribollire della sua pelle, il calore del suo respiro. Il tutto combinato per creare un incantesimo di seduzione.

In qualche modo si ritrovò stesa con lui sul divano, solo su un pezzetto in realtà, vista la sua stazza ma, grazie alla presa di lui, non aveva paura di cadere. Stavano stretti uno all'altro, mentre le loro labbra si abbracciavano e le loro lingue duellavano. Un respiro, un desiderio, un passo dal –

"Reid Montgomery Carver, lascia andare subito la nostra ospite e rivestiti. Non è un comportamento appropriato per un uomo nella tua posizione."

La voce scioccata – ma divertita – di sua nonna fu una doccia fredda sulla loro limonata.

Oh mio dio. Mortificata, Tammy lottò per scappare dall'abbraccio di Reid, ma lui non la lasciò andare. Al contrario, la strinse ancora di più..

"Stavo perfettamente a mio agio prima della tua interruzione."

"E per fortuna che sono arrivata. Sai che fuori ci sono dei lupi?"

Prima, quell'affermazione l'avrebbe terrorizzata ma, una volta recuperato il buon senso, Tammy capì rapidamente che sua nonna intendeva dire qualcosa di più.

"Sono a conoscenza dei nostri visitatori pelosi. Se n'è occupato Brody."

"Hai davvero lasciato che se ne occupasse qualcun altro?" Sua nonna sembrava scioccata.

"Ero ferito, e Tammy è stata così gentile da aiutarmi."

Il tono di sua nonna cambiò, come se fosse preoccupata. "Come, ferito? I lupi ti hanno fatto male? Hai bisogno di un medico?"

"Concedimi un po' di fiducia. Come se quei bastardi potessero danneggiarmi. No, non devo I buchi nel mio culo a nessuno di loro, se non alla mia ospite." Tammy grugnì, affondando il volto nella sua spalla. Reid sogghignò. "A quanto pare qualcuno le ha prestato un fucile, e la ragazza di città l'ha utilizzato."

"Su di te?"

"In sua difesa, c'è da dire che Tammy ha pensato tutto il tempo di doversi proteggere da un orso. Da quando ha saputo della mia condizione speciale ha fatto del suo meglio per rattopparmi e baciarmi per farmi sentire meglio. Il che, devo ammettere, stava funzionando abbastanza bene, fino a quando qualcuno non ci ha interrotti."

Dio, Tammy stava per morire dall'imbarazzo. Come avrebbe voluto sgattaiolare via e nascondersi, ma Reid non la lasciava andare. Anche quando si girò per sedersi, la trascinò con se, probabilmente per nascondere l'erezione che ancora lo affettava.

Le guance bollenti, Tammy mantenne lo sguardo fisso sul pavimento, incapace di guardare sua nonna che, sicuramente, pensava fosse una sgualdrina.

"Quindi lo sa?"

Sentì, più che vederlo, che Reid annuiva.

"Oh caro. Cos'hai fatto?" Ursula non sembrava affatto contenta di come erano andate le cose.

Tammy si affrettò a rassicurarla. "Ho già promesso di non dire una parola."

"Sono certa che non lo farai perché sarebbe peccato se lo facessi. Odio dover riprendere la ricetta della nonna. Il basilica fresco è difficile da trovare in questo periodo dell'anno."

"Che ricetta?" Tammy gracchiò.

"Non importa. Sono certa che non ce ne sarà bisogno, vero?"

Lo sguardo castano di Tammy incontrò quello austero della nonna di Reid. La matrona amichevole se n'era andata. Ciao, predatrice. Come aveva potuto non notare prima i grandi denti di Ursula? *Perfetti per ...gulp ...mangiarmi.*

"Smetti di cercare di spaventarla," borbottò Reid. "E trovami un paio di pantaloni. Ora che mi hanno medicato, dovrei andare a vedere cosa ha catturato Brody."

Tammy fu felice di scappare, non appena le sue braccia la lasciarono andare, ma non si fece sfuggire l'eco delle minacciose parole mentre saliva le scale.

"Non ho ancora finito con te, ragazza di città."

Non fu in grado di capire se quel suono le piaceva o no.

CAPITOLO 16

Nonostante sapesse che aveva bisogno di localizzare Brody per raccogliere informazioni, una parte di Reid non voleva lasciare Tammy. Il suo orso non voleva andare affatto. L'attacco a casa sua, oltre al tentativo di rapirla, aveva portato il suo istinto di protezione a un livello molto più alto di quello che solitamente sentiva quando il suo clan o qualcuno vicino a lui veniva minacciato.

Reid non conosceva la sua ragazza di città abbastanza da aver sviluppato dei sentimenti per lei, ma il suo lato umano non aveva problemi nel riconoscere che il suo lato selvaggio, in altre parole la sua bestia, viaggiava ad una lunghezza d'onda differente.

Il suo orso aveva provato un colpo di fulmine con Tammy. L'istinto, l'odore, qualcosa di intelligibile per gli umani ma, oh, così chiaro per la sua metà animalesca, che lo attirava a lei. Reid avrebbe voluto combatterlo. Ci provò. Ma, fino a quel momento, aveva fallito miseramente.

Poteva maledire e dispiacersi per l'intervento finale di sua nonna? Sì e no. Sì, perché era stato sul punto di provare il Nirvana. Ma, allo stesso tempo, aveva ringraziato il suo arrivo perché, evitando di perseguire ciò che minacciava lui e la sua gente, stava dimenticando il suo dovere di alfa nei confronti nel proprio clan.

Dopo essersi rapidamente vestito, Reid riuscì a evitare un'ulteriore ramanzina da parte di sua nonna, che stava in cucina, intenta a dare da mangiare a Travis. Brody lo aveva inviato a casa per aggiungere un ulteriore livello di sicurezza. Dato ciò che era accaduto negli ultimi giorni, Reid probabilmente lo avrebbe fatto restare nei paraggi. Il fatto che fosse giovane e avesse la testa calda non significava che non fosse un bun combattente, e Reid sapeva che poteva fidarsi di lui per proteggere non solo la sua orsa, ma anche Tammy e chiunque altro si trovasse in pericolo.

Quando Reid uscì fuori, si fermò un momento ad analizzare i dintorni. Piegò la testa e annusò. Nonostante l'aria fredda e frizzante, la puzza dei lupi selvatici impregnava l'aria. Grazie alle luci esterne accese e la sua visione accentuata, non gli fu difficile notare le tracce che macchiavano la neve intorno alla sua casa. La maggioranza appartenevano a lui, e alla sua famiglia o conoscenti, ma oltre ad esse erano presenti delle orme di zampe. Di lupo, per essere esatti. La maggior parte erano piccole, il che indicava che appartenevano a una varietà normale di lupi. Tuttavia, mentre girava intorno alla casa, proprio vicino alla cabina elettrica, che era aperta e su cui c'era del nastro elettrico, segno evidente che qualcuno lo aveva temporaneamente sistemata, trovò orme umane vicino a una pila di vestiti.

Si accovacciò e avvicinò il viso. Ringhiò. Il puzzo di lupo, un mutaforma che non apparteneva al suo clan, eppure in qualche modo familiare, si era attaccato al tessuto. Lo stesso odore del canide che aveva cacciato da casa sua. *Perché la mia coraggiosa e stupida ragazza di città gli aveva sparato con pallottole di argento.*

Non sapeva se avrebbe dovuto strozzarla o baciarla. Magari entrambi.

Inspirò profondamente, cercando di individuare i diversi odori, cercando un altro segno, qualunque indizio che potesse aiutarlo a capire chi aveva mandato quell'uomo a compiere quella che Reid sospettava fosse una missione suicida. Un goffo tentativo di colpirlo che sarebbe fallito. Oh, forse lo sconosciuto sarebbe potuto riuscire a rapire Tammy, ma sicuramente non sarebbe arrivato lontano. Con la traccia olfattiva lasciata dalla banda di lupi, e che chiunque avrebbe potuto seguire, Reid e il suo clan lo avrebbero individuato.

Mentre Reid scuoteva gli abiti alla ricerca di un indizio sull'identità di quel tipo, sentì il rumore di passi nella neve. Alzò lo sguardo e vide il suo beta.

"Lo hai preso?"

Brody annuì. "Oh, sì. La tua ospite ha una buona mira. Anche tu, con le tue lente zampe da orso, avresti potuto prenderlo."

"Mi sono dovuto occupare di altre cose."

"Qualcosa di più importante di un lupo canaglia sul tuo territorio?"

Sì, un'esuberante ragazza di città che pensava di potermi abbattere con una padella. "Mi stavo assicurando che la ragazza dell'assicurazione stesse bene."

"Certo. Credo che invece la ragione sia che qualcuno aveva il sedere pieno di pallottole di argento. Ti stai rammollendo con l'età?"

"Non è divertente."

"Eccome." Brody ridacchiò. "Ti ha dato un bacino per farti sentire meglio?"

"Lo ha estratto, sì."

"Prima o dopo essertela fatta?"

"Non stiamo insieme."

"Amico. Non mentirmi. Sento il suo odore su di te."

Alcuni segreti erano impossibili da nascondere. "L'orsa è arrivata proprio prima di arrivare alla parte migliore."

"Guasta feste ancora una volta, eh?"

Una guastafeste e capace di ricordargli che Reid era destinato a cose più importanti che occuparsi di una ragazza di città tentatrice e con i capelli ricci. "Dimenticati di mia nonna e del suo bisogno di interrompere la mia vita sessuale. Cos'hai scoperto dal nostro ospite indesiderato?"

"Non molto. A meno che non il suo piagnucolio non conti. A quanto pare, pensa che lo tratteremo meglio perché uno di noi. Il punto è che è uno dei conducenti spariti. L'ultimo che abbiamo assunto."

"Non è morto?" Non solo, ma ovviamente era in combutta con chi aveva puntato Reid e la sua azienda. "È davvero stupido? Che razza di idiota torna nella città che ha fottuto?"

"Uno non troppo intelligente che, come ho detto, stava piagnucolando dicendo che dovevamo trattarlo in modo più gentile."

"Oh, davvero? Non gi piace la nostra ospitalità? Credo sia arrivato il momento di incontrarlo e dimostrargli quanto posso essere ospitale." Reid e Broody si diressero al garage. "Allora, come sei finito in casa mia? Credevo fossi andato a casa a fare i bagagli e organizzare le guardie del clan per partire con il prossimo carico."

"Lo stavo facendo ma, quando ho saputo che c'erano dei lupi nei dintorni, ho chiamato alcuni ragazzi e sono venuto per dare un'occhiata."

"Senza contattarmi?"

"Ci ho provato, ma non rispondevi al telefono."

Probabilmente perché Reid lo aveva lasciato sulla scrivania quando si era fiondato fuori dall'ufficio.

"D'accordo, ma ciò non spiega perché sei venuto a casa mia."

Brody fece spallucce. "Intuizione. Dato che l'altro giorno hanno sparato a te e alla ragazza dell'assicurazione, ho pensato fosse prudente controllare prima la situazione qui e poi preparare la partenza. Ovviamente quando sono arrivato ti stavi già divertendo sulla neve, almeno fino a quando non ti hanno sparato in quel grosso culo."

"Il mio culo non è grosso." E perché le persone continuavano a suggerire che lo fosse? Era un orso. Un Kodiak. Tutto di lui era grosso.

"Disse il tipo che non poteva atterrare un lupo spelacchiato."

"Quando vuoi sfidarmi braccio di ferro dimmelo."

Brody scosse la testa e alzò le braccia in segno di resa. "No, grazie. Sappiamo entrambi che sono veloce ma, quando si tratta della forza bruta, io non sono un orso."

Una volta riaffermata la propria virilità, Reid chiese, "Da quello che ho capito è stato Boris a riallacciare l'elettricità." L'alce era l'unico che Brody si sarebbe portato dietro per controllare il perimetro, e che possedeva le conoscenze per ricollegare i fili. A volte Reid si chiedeva se ci fosse qualcosa che il grande alce non sapesse fare. Tranne sorridere. Boris aveva sempre avuto un temperamento burbero ma, dal suo ritorno da oltreoceano, difficilmente sorrideva.

"Già. Boris sta sorvegliando il lupo. Più che altro lo tiene d'occhio, mentre affila il suo coltello." Brody ridacchiò. "Lo giuro, il suono che fa quella lama quando corre sulla pietra...è fottutamente inquietante. Sarebbe una sorpresa se quando arriviamo il lupo non stesse pregando per parlare."

Boris non parlava molto, ma l'arte dell'intimidazione era per lui una scienza.

"Ho notato che Travis è in casa, immagino per tenere d'occhio le donne. Chi altri abbiamo qui?"

"Alcune giovani teste calde stanno seguendo i lupi randagi e tengono un occhio aperto per individuare qualsiasi cosa sospetta. Hanno già trovato la slitta del tizio, ma è pulita. Nessuna placca o numero di serie. Niente che possa darci un indizio."

"Pensi che ci siano altri come lui là fuori?", chiese Reid.

Di nuovo, Brody si strinse nelle spalle. "Difficile da dire. Insomma, tutto di questo attacco è strano. Voglio dire, un uomo e un branco di lupi selvatici? Doveva sapere che non avrebbe avuto successo."

Eppure ci era quasi riuscito. Se non fosse arrivato in tempo, Tammy ora si troverebbe nelle mani del nemico? O fissando il cielo senza vederlo?"

Il ricordo della minaccia che aveva vissuto fece ribollire la rabbia che si annidava dentro di lui. Giusto in tempo, perché per compiere quello che avrebbe dovuto fare successivamente non poteva mostrarsi morbido.

Reid entrò nel garage, Brody alle calcagna, giusto in tempo per vedere Boris far correre il proprio pollice sulla lama. L'odore ramato del sangue impregnava l'aria. Ma non la puzza acre della paura.

Nonostante la sua posizione – legato a una sedia, sanguinante e circondato da tre predatori piuttosto arrabbiati – il lupo che avevano catturato trasudava arroganza. Diavolo, anche con un occhio gonfio, riusciva a continuare a sorridere.

Reid si sforzò di farsi venire in mente il suo nome. Lo aveva incontrato solo una volta dopo che lo avevano assunto. Non ricordò molto, a parte il fatto che fingeva bene la sottomissione, mantenendo gli occhi bassi tutto il tempo.

Reid prese uno sgabello dal tavolo da lavoro e lo sbatté per terra, sedendosi di fronte al canide. Ancora nessuna reazione. O il lupo aveva le palle d'acciaio, o era più stupido di quello che sembrava, oppure stava accadendo qualcosa. Dovrei chiamare rinforzi?

Era stato solo il preludio di una guerra aperta? I suoi nemici mutaforma stavano preparando un attacco contro di loro?

Reid schiaffeggiò quei dubbi. Niente. Anche se lui, e coloro che controllavano il clan, si erano lasciati sfuggire alcuni lupi selvatici, e avevano permesso che uno della propria razza entrasse nel loro territorio, qualunque atto a larga scala avrebbe fatto scattare l'allarme.

Non perse tempo in gentilezze. "Per chi lavori?"

Nessuna risposta.

Reid fece un cenno a Boris. L'alce non fece domande, né esitò. Il bastardo non aveva bisogno del mignolo per vivere, ma se voleva conservare la speranza di morire in modo semplice, doveva rispondere alle domande di Reid.

"Quello è stato solo un avvertimento," Reid disse con freddezza a Robert, il conducente che doveva essere morto, dopo che questi smise di urlare. Doveva essere grato che cauterizzassero immediatamente la ferita nel punto amputate con una fiamma ossidrica. Alcune persone lo avrebbe fatto morire dissanguato. Ma Boris aveva imparato la sua arte durante il servizio oltreoceano. Non nel corpo militare americano, ma come carcerato. Non ne parlava molto. Nessuno degli uomini che erano ritornati da quel campo lo facevano. Ma sono cose che un uomo non può dimenticare.

Lo sconosciuto gridò, sputacchiando, "Pazzo bastardo. Ti taglierò le palle per questo."

Reid sollevò un sopracciglio. "Lo farai? Come? Nel caso tu non lo abbia notato, sono io che tengo il coltello dalla parte del manico qui. Sarà meglio che tu mi risponda."

Il lupo serrò forte le labbra.

Reid inclinò la testa, e Boris smise di ripulire il coltello. Prima che potesse appoggiare la lama appena pulita su un nuovo dito, Robert, gli occhi ribaltati dalla paura e dal dolore, gridò, "lascia stare le mie cazzo di dita, psicopatico."

"Il mio buon amico Boris qui smetterà di rimuovere parti del tuo corpo quando risponderai alle mie domande. Chi è il tuo capo? Per chi lavori?"

"Cosa ti fa credere che non sia venuto per conto mio? Magari sono io quello che vuole la tua posizione. Tutti da queste parti sanno che sei debole."

L'incredulità lo fece sbuffare. "Debole? Scusami, cosa ti sei sniffato per arrivare a pensarlo?"

"Tutti sanno che ti servirono il clan su un piatto d'argento quando tuo padre morì. Non hai mai dovuto lavorare per esso, né lottare. Non è il modo in cui funziona per i mutaforma. Solo i forti dovrebbero governare."

"Disse quello senza cervello. Non basta la forza di un pugno per governare." Era una delle poche cose che ricordava dicesse suo padre. Quello, e mai mostrare pietà verso coloro che danneggiano il branco per trarne un vantaggio personale.

E per quanto riguardava il fatto che non ci fossero pretendenti al posto, Reid si era offerto di combattere quando, dopo la tragedia, divenne disponibile quella posizione. Non era colpa sua se nessuno si era fatto avanti.

Ovviamente, a quell'epoca, era appena tornato a casa dopo aver prestato servizio durante la guerra. Se le persone credevano che fosse aggressivo, avrebbero dovuto vederlo allora.

"Queste sono le parole di un codardo." Robert sputò sul pavimento. "Guardati. Lì seduto, tutto grande e potente. È facile essere coraggiosi quando si ha una banda alle spalle per aiutarti a colpire un uomo legato. Se sei tanto sicuro di te, slegami."

Il lupo pensava che lo tenessero legato per non farlo scappare? Stupido bastardo. Le corde servivano per tenerlo fermo mentre rimuovevano le parti del suo corpo, ogni volta che non rispondeva. Reid si sporse in avanti. "Sono parole ironiche, considerando che quando sono arrivato stavi terrorizzando una donna umana. E guarda chi sta disprezzando il mio status di alfa. Sei così tanto alfa, che non puoi neanche creare un vero branco, solo cani randagi che neanche conosci."

"Sanno abbastanza da obbedirmi, e sono sacrificabili. E per la ragazza umana…Puoi biasimarmi per esserle corso dietro? Sembra appetitosa." L'uomo di leccò lascivamente le labbra.

Un pugno ben piazzato raggiunse il lupo in faccia e mandò lui, e la sedia a cui era legato, sul pavimento.

Così pieno di rabbia, Reid poteva appena contenere il suo orso. *Non minacciare quello che è mio!* Non sapeva da dove gli derivasse quel pensiero possessivo ma, a prescindere dalla sua origine, reagì alle parole del bastardo.

Il canide scoppiò a ridere. "Oooh, qualcuno ha una piccola cotta per un'umana," un ghigno curvò le sue labbra sanguinanti. Buono a sapersi. Aspetta che *lui* lo scopra."

"Lui?" Reid si sporse in avanti, e afferrò l'uomo la sedia e tutto, e lo sollevò dal pavimento con una stretta del pugno, tenendolo all'altezza degli occhi e grugnendo, "Chi è il *lui* a cui ti stai riferendo?"

"Solo l'uomo che ti farà cadere."

"Quindi ammetti di non essere tu al mando."

"No. Sono solo un soldato. Uno a cui piace divertirsi."

"Divertirsi? Chiami divertimento lo sparare alla gente e terrorizzare le donne?"

"Tra le altre cose. Ho sentito dire che qualcuno ultimamente ha avuto problemi con le consegne", sogghignò Robert.

"Cos'hai fatto con il mio camion?"

"Vuoi dire i tuoi camion? Con quello che stavo guidando è stato facile. Anche con quello di Steven. Non hai mai sospettato niente."

"Vuoi dire che nessuno di voi è mai stato attaccato in realtà? Era tutta una messa in scena?"

"Non tutti. L'idiota di Jonathon, quello con la ragazza pregna, avrebbe dovuto accettare i soldi che gli sono stati offerti. Ma, no, ci ha lasciati in braghe di tela con la storia della fedeltà, mal riposta, verso il clan. Smidollato. È quello che succede quando metti radici. Ti ammorbidisci. Ci ha dato battaglia quando lo abbiamo attaccato. Ma noi avevamo i numeri."

"Quindi non lavori solo?"

"Molti di noi lavorano per *lui*."

"A quale scopo?"

Il rumore tagliente di vetri rotti ritardò la risposta, una risposta che non sarebbe mai arrivata, perché il lupo che Reid stava tenendo fermo finì con la mandibola aperta e lo sguardo vuoto, il foro di uscita della pallottola da cui usciva un fiotto di sangue dal centro della nuca. Diavolo, non aveva ucciso Reid per un pelo, passando di fianco alla sua testa, e graffiandogli l'orecchio.

"Maledizione." Reid scagliò il morto da un lato e poi lui, Boris e Brody si stesero al suolo, aspettandosi una pioggia di proiettili.

Passarono minuti di silenzio. Reid guardò Boris, e indicò la porta. A Brody indicò la finestra integra, mentre lui si concentrò su quella rotta. Strisciando come un serpente, la cui comparazione non piacque al suo orso, che sbuffò, si avvicinò all'apertura, che gli arrivava circa alla vita. Entrava aria fredda, accompagnata dal classico rumore. Il vento che soffiava, il rumore dei rami. Nient'altro, a parte...

"Ehi, state bene lì dentro?"

Nient'altro se non Travis che era uscito dalla porta della cucina, e stava in piena vista, come un' idiota. Reid sospirò. *Quel ragazzo imparerà mai cos'è la prudenza?* La buona notizia era che suo cugino non era finito con il petto bucato – sua zia lo avrebbe scannato vivo se il suo bambino si fosse fatto male. Ma la cattiva notizia era che avevano perso il collegamento con chiunque stesse dietro ai vari attacchi.

Tuttavia, almeno Reid aveva ottenuto una conferma. Erano *attacchi*. Qualcuno stava cercando di sostituirlo nella sua posizione di alfa del clan. Qualcuno era determinato a minare la sua autorità. A prendere quello che era suo. Maledizione.

Avrebbe scoperto chi era quel bastardo. Lo avrebbe cacciato come il verme che era e lo avrebbe sterminato. Un debole. Reid gli avrebbe mostrato cosa succede quando si punzecchia un Kodiak.

"Boris, liberati del corpo. Brody, prendi quel cretino

di mio cugino e andate a cercare il cecchino che ha fatto fuori il nostro amico.

"Pensi davvero che li troveremo?"

"No. Chiunque ha sparato, ha usato un fucile a lungo raggio. Si vede dalla ferita e dalla mancanza di rumore quando è partito lo sparo. Scommetto che se ne sono già andati."

"Allora perché preoccuparsi?"

"Perché dico io." E come vendetta a quel commento sul suo culo grosso.

"E tu? Cosa farai?"

"La ragazza di città ed io abbiamo un discorso in sospeso."

Brody emise un fischio basso. "Credi che sia saggio?"

No. probabilmente no. Ma a Reid non importava più. Essere un alfa significava mettere i bisogni e il benessere del clan davanti ai propri. Ma, per una notte, solo una, Reid si sarebbe permesso il lusso di cedere a un suo desiderio. Un desiderio che coinvolgeva lui, una certa ragazza di città, e la loro pelle.

CAPITOLO 17

Dopo quelle parole nefaste, Reid se ne andò e Tammy si diresse verso la sua stanza.

Cosa vuole dire con non abbiamo finito? Finito di parlare? Finito di discutere della sua speciale ferita? Finito di palpeggiarci e passare una notte di sesso incredibile?

Il non sapere la faceva praticamente impazzire. Avrebbe dovuto scendere e confrontarsi con lui. Chiedergli spiegazioni!

Non lasciò la sua stanza. Aveva già avuto a che fare con troppe stranezze. In quel momento, non aveva bisogno di altre novità di cui occuparsi.

Ma come poteva districarsi in quella situazione? Era lì per fare un lavoro, un lavoro che ancora non aveva terminato. Il suo capo si aspettava una relazione completa. Cosa avrebbe potuto dirgli? *Nessun segnale di truffa ma, nonostante ciò, il suo cliente risultava essere un orso gigante.*

L'avrebbe messa in aspettativa per stress in un nanosecondo.

Potrei mentire. Non sarebbe stato difficile per lei affermare che non c'erano indizi di truffa. Lasciare che la richiesta di risarcimento avanzasse. Tuttavia, cosa sarebbe successo se i problemi fossero continuati?

Esisteva una soluzione al suo dilemma? E cosa stava succedendo esattamente al piano di sotto? Qualche istante prima era sicura di aver sentito un uomo gridare. Voleva davvero saperlo?

In realtà no. Proprio nello stesso modo in cui desiderava dimenticare la fastidiosa visione dell'orso che non era un orso. Dell'uomo che non era un uomo. Il bacio che era più di un bacio. "Perché sei così nervosa?"

La domanda sussurrata di Reid la fece sussultare.

Si girò, una mano appoggiata al petto, dentro al quale il suo cuore batteva al doppio della velocità. "Potresti smetterla di sgattaiolare!"

Lui sollevò un sopracciglio, mentre le labbra si curvavano in un sorrisetto troppo seducente. "E perdermi la possibilità di farmi ferire di nuovo da te? Devo dire che sono sorpreso. Neanche un colpo. Mi aspettavo che mi colpissi in testa con una lampada, o almeno una spazzola."

"Non tentarmi."

"Qualcuno è suscettibile."

"Qualcuno è davvero confuso."

"Benvenuta nel club."

Lei si accigliò. "Per cosa sei confuso? Non sei tu

quello che improvvisamente ha scoperto che esistono orsi mutaforma e che è stato minacciato di essere cucinato se non tiene la bocca chiusa." Tammy non aveva ancora scoperto se sua nonna lo diceva seriamente o no.

"Mi hanno sparato. O te ne sei convenientemente dimenticata?"

"Non me lo perdonerai mai, vero?"

"No. Ma puoi provarci e pentirti." Fece un passo in avanti.

Si rifiutava di farsi intimidire da lui. Alzò il mento, in segno di sfida, e restò immobile. "Come?" Le avrebbe chiesto di falsificare la relazione per il suo capo?

"Pensavo a un metodo piuttosto piacevole."

La sua allusione le fece spalancare gli occhi. Il battito del suo cuore passò da rapido a irregolare, e si leccò le labbra. Lui cercò di afferrarla ma lei evitò la sua presa. Sapeva cosa sarebbe successo se l'avesse toccata ma, nonostante la sua testa le dicesse di stargli lontano, il suo corpo reagì. Il suo respiro si fece più irregolare, i capezzoli le si indurirono, e un calore si estese tra le sue cosce.

Ma, per quanto trovasse attraente il suo essere rude, non si sarebbe concessa di cadere semplicemente tra le sue braccia – anche se quelle grandi braccia erano perfettamente in grado di sostenere le sue morbide curve. "Tua nonna ha ragione. Non dovremmo farlo. Non è giusto. Io sono qui per fare un lavoro, e quel lavoro non prevede che faccia sesso con te."

"Quello che sta succedendo tra noi non ha niente a che fare con la richiesta dell'assicurazione, e lo sai."

"E allora con cosa ha a che fare?"

"Hai davvero bisogno di chiedermelo?"

"Sì. Perché non ci arrivo." Reid poteva conquistare le donne che voleva. Sexy, posate, magre come Jan. Perché doveva essere interessato a una grassottella che lo aveva attaccato con una padella e gli aveva sparato nel culo?

"Vuoi che lo dica a voce alta? D'accordo. Sei sfacciata, violenta e umana, tutte cose che dovrei evitare ma, nonostante ciò, non posso smettere di desiderarti."

"Aah, dovrei sentirmi tutta calda e eccitata?", disse, con evidente sarcasmo.

"Dovresti prenderlo come un complimento. Non mi era mai successo prima. Di solito sono più esigente quando scelgo le mie compagne di letto."

"Vuoi dire che sei abituato a donne più magre e belle."

Lo shock che mostrava il suo volto non era finto, e le sue parole sembravano sincere. "Non puoi averlo detto sul serio. Prima di tutto, voglio una donna nel mio letto. Non un bastone. Ed entrambi sappiamo che sei bella come una coniglietta, con quei grandi occhi marroni."

"Una coniglietta?"

"Hai ragione. Troppo gentile. Più come una lince, furba e violenta quando si sente minacciata. Non fraintendermi. Sono attratto da te. Voglio esplorare le tue curve. Strusciarmi contro la tua pelle. Far fluire la passione nel tuo corpo."

"Parli come se stessimo per fare sesso, eppure, te lo dico già, non succederà." Oh, lo aveva detto, ma non ci credeva davvero. Sapeva che il suo corpo lo desiderava. E poi, che donna non reagirebbe a un bellissimo uomo virile mentre le dichiara la sua attrazione?"

"Dammi qualche altro minuto. Canterai un'altra canzone."

"Non sarò la tua amante."

"Non ancora."

"Mai."

Il suo sorriso sicuro la chiamò bugiarda.

Lei scosse la testa. "Sei davvero testardo. Senza contare che non è etico. Come posso fare bene il mio lavoro se vado a letto con te?"

"È questo ciò che ti blocca? Allora, d'accordo. Ritirerò la mia richiesta."

Le cadde la mandibola per terra. "Non puoi farlo."

"Posso e lo farò, se è necessario."

Doveva essere uno scherzo. Che uomo getterebbe al vento una fortuna per passare una notte con lei? "Smettila di scherzare."

"Non sto scherzando. Non scherzavo quando ho detto che ti voglio. Se la tua unica obiezione riguarda la tua capacità di fare una relazione neutrale, allora d'accordo. Non ci sarà bisogno di nessuna relazione. Non procederò con la richiesta."

"Non puoi farlo. Ti farà sembrare sospetto. Come se tu sapessi cosa sta succedendo."

"Infatti lo so. Un rivale sta concorrendo per il mio territorio", disse con nonchalance, mentre si sfilava la camicia.

La visione di quella carne nuda la confuse tanto che le ci volle un secondo per tornare in sé. "Non capisco. Cosa vuol dire che qualcuno sta concorrendo per il tuo territorio?"

"È semplice. Io sono a capo di questa città. Clan.

Azienda. Comunque tu voglia chiamarlo. Lo governo io. Io faccio le regole. Le faccio rispettare. Nel mio mondo, ciò mi dà il titolo di Alfa."

"Quindi sei il grande capo."

"Esatto. Nella società dei mutaforma, se qualcuno pensa di avere la forza, o diviene avido, allora può farsi avanti, o sfidando l'alfa, o aggredendolo. In altre parole, indebolire la posizione dell'alfa o il suo branco."

Le sue parole le ricordarono ciò che sua nonna aveva detto prima. "Tipo che andare a letto con me ti indebolirebbe."

"Chi lo ha detto?"

"Tua nonna. Non era quello che intendeva prima quando ti ha ricordato qual è la tua posizione?"

Fece una smorfia. "Più o meno. Essendo alfa, ci si aspetta che io mi sposi per ragioni politiche. Per creare un'alleanza con un altro clan."

"In altre parole, restare all'interno della propria specie."

"Sì. Ma fino ad allora, non significa che io non possa avere un'amante, anche umana."

"Quindi vuoi che io dorma con te, sapendo che non abbiamo un futuro." Beh, non poteva rimproverarlo per essere onesto. Almeno, a differenza di molti uomini, non fingeva.

"Non dormiremo molto." Le sue parole, quasi un ronzio, le fecero provare un brivido, che non aveva niente a che fare con la temperatura della stanza. A meno che il calore del suo corpo non contasse."

"Quello che suggerisci è che –"

"Una notte di piacere senza pretese, né promesse. O

giorni, fino a quando non dovrai ritornare alla tua vita di città."

"Sembra così...di poco valore." Ed eccitante. Quello che suggeriva, da un lato, era di trattarla come una specie di gioco sessuale, un'amante per il proprio piacere. Era stranamente eccitante. Tammy non aveva mai avuto un uomo che le facesse così sfacciatamente una proposta del genere. Un uomo che la voleva, perché la trovava sexy.

Se è vero che le parole possono colpire, le sue lo fecero, e il suo corpo reagì. Poteva sentirlo? Odorarlo? Le sue narici si allargarono, e avrebbe giurato che i suoi occhi lampeggiarono. L'animale in lui stava reagendo al suo chiaro desiderio?

"In fondo, umani o orsi, tutti abbiamo le nostre necessità. Appetiti carnali. Non c'è nulla di sbagliato nel soddisfare tale fame."

Quello che suggeriva, nessun legame, nessun attaccamento emozionale, nessuna aspettativa, era qualcosa che lei poteva davvero valutare? Da un certo punto di vista, le offriva la soluzione perfetta. Cedere all'eccitazione, uscire dal suo mondo, e poi andarsene. Eppure, c'era un nome per le ragazze che facevano sesso solo per il gusto di farlo. "Non lo s –"

"Pensi e parli troppo," grugnì, afferrandola. In un attimo, annullò la distanza tra loro e la prese tra le braccia. La sua bocca reclamò quella di lei in un bacio torrido, annullando tutte le sue stupide obiezioni.

Chi stava prendendo in giro? Poteva ribattere fino a morire. Il punto era semplicemente che desiderava Reid. Orso o no, aveva risvegliato il suo corpo e le aveva fatto ribollire il sangue come mai avrebbe potuto immaginare.

Sì, c'era una possibilità che terminasse con il cuore spezzato. Ma ci era già passata, lo aveva fatto, ed era sopravvissuta. Ma avrebbe potuto vivere con il rimpianto di chiedersi come sarebbe stato? Di chiedersi continuamente se si era persa la migliore esperienza della sua vita, anche se breve?

Non posso. Lo voleva. Ne aveva bisogno. Aveva bisogno di lui.

Accettare che liberasse qualcosa dentro di lei. Mentre si lasciava andare totalmente a quell'abbraccio, i suoi muscoli si ammorbidirono completamente. Se lui notò la differenza non protestò, ma avrebbe potuto giurare di sentirlo grugnire di soddisfazione.

Con il suo grande corpo avvinghiato al suo, fu facile per lui spostarla verso il letto, fino a quando il retro delle sue gambe non toccarono il materasso. Vi cadde in cima, e lui perse il contatto con la sua bocca. Ma quella perdita non le dispiacque, non quando vide che cercava altri punti da baciare, come il suo collo, per poi scendere, fino a quando il colletto della sua camicia non lo interruppe. Ooops. In realtà, no. Con un movimento secco, le strappò quell'offensivo abito di dosso, rendendola nuda davanti a lui.

Con le luci accese nella stanza, non c'era modo di coprire la sua pelle bianca come un giglio, la rotondità della sua pancia, o il bruttissimo reggiseno sportivo che teneva fermo il suo grande seno.

Ma quella visione sembrò infiammarlo o, almeno, così sembrò indicare il 'delizioso' gutturale che emise. Le sue labbra premettero sulla sua carne esposta, esplorando la valle tra i suoi seni, mentre con le dita cercava i ganci del reggiseno.

"Bisogno di aiuto?" Lo prese in giro.

"No," fu la sua risposta seccata." Stupido ingegno." La sua soluzione? Con uno strappo, spezzo il gancio e le tolse quell'indumento che lo ostacolava.

"Ehi, si dà il caso che quel reggiseno mi piacesse."

"Te ne comprerò un altro. Diavolo, te ne comprerò dieci, se mi prometti di non metterlo quando sei con me."

"Vuoi che lasci le twin peaks libere di gironzolare liberamente?", disse lei, sussultando tra una parola e l'altra, mentre le labbra di lui si chiudevano prima su un capezzolo e poi sull'altro.

"Sì, o finirai con una montagna di tessuto impossibile da utilizzare."

A quella veemenza ridacchiò, un suono che divenne un mugolio, mentre iniziava a succhiarle il capezzolo duro. La sua bocca calda si soffermò sul suo petto, e quel succhiare e toccare mandò onde di piacere al suo sesso. Lei si contorceva nel letto, evidentemente troppo, perché lui posizionò il suo grande corpo tra le sue gambe, bloccandola.

Lei avvinghiò, quasi, le gambe intorno a lui. Per fortuna che era alta, altrimenti non ce l'avrebbe fatta. Era un uomo grande. Un uomo forte. Un uomo che stava lentamente scendendo sul suo corpo, mentre la sua calda bocca, che lasciava una scia ardente sulla sua pelle, si avvicinava sempre di più alla vita dei suoi pantaloni.

Riuscì a sbottonarli e abbassare la zip senza fare danni e, in pochi istanti, volarono sopra la sua spalla, lasciando

Tammy con il desiderio di aver messo in valigia un paio di slip carini. Le mutandine di cotone rosa decisamente non erano un manifesto di seduzione. Come se a lui importasse. La sua bocca continuò a esplorarla, scendendo, strofinando il naso contro al tessuto che copriva il suo sesso, e poi bagnandolo mentre apriva la bocca per morderlo. Invece di richiudere la bocca, espirò aria calda e umida.

Lei mugolò e afferrò i suoi capelli, le dita che tiravano le ciocche, mentre lottava contro quella tortura sensuale.

Quando le tolse gli slip, era più che pronto per lasciare che la sua bocca reclamasse il suo sesso, la lingua si infilò tra le sue labbra morbide e leccò l'entrata della sua fica. Un brivido la attraversò, e il suo canale si strinse e si contrasse, voglioso di qualcosa a cui aggrapparsi.

Ma lui non le avrebbe dato ciò che il suo sesso desiderava tanto ardentemente. Non ancora. Invece, la sua lingua cambiò tattica, e si attaccò al suo clitoride.

Lei urlò, mentre lo leccava e lo afferrava con le labbra, la stimolazione diretta che il suo corpo necessitava per arrivare al limite. Un limite che lui sembrava voler ritardare, di nuovo. Non si fermò. In preda alle convulsioni di un orgasmo che lui non fu in grado di fermare, infine lei supplicò, "Fermati!"

"Oh no, ragazza di città, non abbiamo ancora finito," ringhiò. In qualche modo, durante quell'assalto orale alle sue zone intime, lui aveva perso i pantaloni. O almeno era ciò che pareva indicare la punta della sua asta, mentre le saliva sopra, appoggiandosi sulle braccia muscolose. Le loro labbra si unirono, il sapore di lei ancora attaccato ad esse, e lei mugulò contro la sua bocca, mentre lui penetrava il suo sesso ancora vibrante, riempiendola completamente, proprio come anelava il suo corpo.

Grande, troppo grande, e lei si dilatò per accoglierlo. Ma era un'entrata stretta. Grugnì, mentre lottava per imboccare la via d'accesso, fino a quando non fu completamente e saldamente dentro di lei. Poi si fermò, e disse la cosa meno opportuna, ma dolcissima, "Stai bene?"

CAPITOLO 18

Reid non capì la leggera risata che giunse come risposta alla sua domanda. Era pienamente consapevole che la larghezza del suo membro poteva creare sofferenza. Aveva fatto del proprio meglio per assicurarsi che lei fosse completamente preparata ma, allo stesso momento, era comunque –anche se poco – consapevole della sua umanità e della sua, ancora di più, fragile natura.

Fragile, eppure con un coraggio d' acciaio. Era anche, nonostante i suoi stupidi dubbi, una ragazza dalla taglia perfetta, con curve che lo deliziavano, un infinito desiderio che coincideva con il suo, e un sapore paradisiaco.

Ma era anche stretta. Oh, così piacevolmente stretta.

"Sto perfettamente," sussurrò contro le sue labbra, mentre gli passava le dita tra i capelli. E, a prova di ciò che aveva appena detto, i suoi fianchi ondularono, facendolo entrare, per quanto impossibile, ancora più in profondità, e il sesso di lei lo ringraziò, fremendo e stringendolo.

Toccò a lui sussultare, piegando la testa fino a quando la sua fronte non toccò quella di lei. Senza altre parole, iniziarono a muoversi, lui dentro e fuori, con profondi colpi lenti, mentre lei curvava i fianchi, per dargli la possibilità di accedere a tutta la sua profondità. Seppe che si trovava nella posizione giusta per toccare il suo punto G, perché il suo dolce canale lo stringeva in una morsa ogni volta che la sbatteva.

Le dita di lei bloccarono il loro doloroso andirivieni, un dolore che lui intese come il segnale del suo desiderio ardente, e si piantarono sulle sue spalle. Le gambe avvinghiate intorno alla sua vita, le caviglie incrociate, gradevolmente forti, mentre sembrava determinata a tenersi attaccata a lui, tanto quanto lui a lei.

Insieme, si mossero allo stesso ritmo, i loro cuori galoppando all'unisono, così come il loro respiro irregolare, e quando giunse l'orgasmo? Entrambi urlarono, il corpo di lui si piegò in un'ultima, potente spinta, il corpo di lei si arcuò, mentre il suo canale fremeva.

E in quel momento glorioso, Reid seppe che era nei guai. Guai seri. Ciò non gli impedì di cullare il corpo ansimante della sua ragazza di città, di restare abbracciato a lei mentre si addormentava tra le sue braccia. Non poteva staccarsi da lei. Non era solo il suo orso a essere determinato a restarle vicino per proteggerla; lui voleva rimanere.

Così restò lì, e maledì chiunque si sarebbe opposto. *Sono il fottuto alfa, e se voglio passare la notte con l'umana, lo farò.*

Ma ovviamente le sue azioni non passarono inosservate o indiscusse.

La mattina successiva, mentre una Tammy rossa per l'imbarazzo lasciava il letto, soddisfatta, appiccicosa e alla ricerca di una doccia calda, Reid si sciacquò rapidamente prima di scendere al piano di sotto, e trovarsi ad affrontare un orso che, anche se non era più grande di lui in stazza, cercava decisamente di sovrastarlo, con il suo atteggiamento e carattere.

Quando entrò in cucina, sua nonna lo fissò apertamente, il cucchiaio di legno– di quelli resistenti, che non si rompono facilmente quando atterrano sul sedere di un cucciolo – nella mano alzata. "Hai passato la notte con lei." Lo disse, non lo chiese.

"Sì."

"Ti sembra una cosa saggia?"

No. Piacevole? Sì. "Non capisco cosa c'entri la saggezza col fatto che io faccia sesso con una donna che trovo attraente."

"Non fare il furbo con me, Reid Carver. Ho un cucchiaio, e non ho paura di usarlo." Specialmente visto che sapeva che lui non avrebbe fatto nulla per proteggersi.

I suoi genitori e sua nonna gli avevano insegnato che non bisognava mai sollevare una mano contro una donna, specialmente quando si trattava della sua amata Ursa.

"Cosa vuoi che ti dica? C'è qualcosa in lei a cui non riesco a resistere." Il problema era che, nonostante quella notte di piacere, il desiderio continuava a possederlo. Pensò che avrebbe ritrovato il controllo dopo la terza volta in cui aveva fatto suo quel corpo eccitante.

Invece, a quanto pareva, la sua fame di lei era aumentata.

Sua nonna sospirò. "Credici o no, ma lo capisco. È diversa dalle donne che sei abituato a vedere tutti i giorni, e ha un carattere forte. Posso capire che la trovi attraente, anche se non ti giustifico. Ti prego, almeno dimmi che hai usato una protezione."

No, non l'aveva fatto. Non aveva neanche pensato di portare i preservativi in camera. Non li aveva nemmeno tirati fuori. Non aveva preso nessuna delle sue precauzioni abituali. Gli sarebbe piaciuto poter incolpare la propria stanchezza mentale, magari il suo orso, che era stato il responsabile principale di quello spettacolo, ma no, una parte di lui sapeva quello che stava facendo. Lo sapeva e non gli interessava. Ma non lo avrebbe ammesso davanti a Ursa. Così adottò un tono offeso e imbarazzato. "Non ho intenzione di discutere con te della mia vita sessuale. Ti basti sapere che non hai nulla di cui preoccuparti." Tammy era una ragazza di città. Era probabile che prendesse la pillola.

E se non la prendeva? Il pensiero della sua pancia che aumentava con dentro il suo bambino – *il mio cucciolo* – non lo mandava in panico. Almeno non quanto gli era successo quando aveva creduto di aver messo incinta la sua compagna di college.

Cosa significava? Era davvero pronto per mettere la testa a posto e creare una famiglia? Ripensò alle varie figlie di alfa che gli erano passate davanti negli ultimi anni. Più attraenti e intelligenti. Nessuna gli aveva fatto venire voglia di andarsene di casa e sposarsi. Al contrario, lo avevano fatto allontanare. Eppure, quando pensava all'umana con i capelli scompigliati che stava al piano di sopra? Avrebbe volute correre di nuovo da lei e fare l'amore fino a farle rilasciare quel mugolio che indicava che aveva toccato il suo punto G.

"Se vuoi divertirti, d'accordo. Portala nel tuo sistema, ma non dimenticarti chi sei. Una cosa è giocare con un'umana, ma tu sei l'alfa di questo clan. Hai la responsabilità di coloro che proteggi e guidi. Un compito primario. Non permettere che la lussuria influenzi il tuo giudizio."

"Non lo farò." Eppure lo aveva fatto. "E tu non devi preoccuparti. Non resterà qui a lungo. Ora che so che qualcuno sta lottando per il mio potere, le dirò di attribuire i camion spariti ai conducenti e a errori meccanici. Il furto dei carichi come crimini di opportunità. Assorbiremo le perdite finanziarie e ci assicureremo di sorvegliare meglio i prossimi carichi, fino a quando non troverò il colpevole e non mi sarò occupato di lui e del suo tentativo di danneggiarmi."

Lo penetrò con il suo acuto sguardo azzurro. "Quindi la lascerai andare, quando arriverà il momento?"

No. Ooops, quella parola quasi gli scivolò dalle labbra. Echeggiò nella sua mente mentre il suo orso rispondeva per lui. Ma Reid sapeva qual era il suo compito. Avrebbe fatto la cosa giusta, anche se ciò lo avrebbe ucciso. *Non lo faccio sempre?*

CAPITOLO 19

Tammy tentennava nella sua stanza. Si fece una doccia, si vestì e, non avendo nient'altro da fare, esitò prima di lasciare la sicurezza del suo alloggio. Aveva paura di confrontarsi con la nonna di Reid. Specialmente visto che probabilmente l'anziana donna sapeva dove aveva passato la notte Reid - e cosa avevano fatto.

Non sono stata proprio silenziosa. E comunque, neanche lui. L'uomo aveva praticamente ruggito quando aveva raggiunto l'orgasmo. Il che le era sembrato sexy quando era accaduto, ma non così tanto quando aveva realizzato che qualcuno poteva sentirli.

Dopo la preoccupazione di incontrare l'anziana, veniva quella di affrontare Reid. Il sexy e glorioso Reid, che le aveva fatto vedere le stelle, i fuochi artificiali, e le aveva dato la consapevolezza che non tutti gli uomini sono uguali a letto. Neanche simili.

Il sesso con Reid aveva raggiunto un livello che non si era mai nemmeno immaginata. E la sua tenerezza inaspettata, mentre la coccolava, le baciava le guance arrossate, la accarezzava con le sue dita callose? Era troppo facile per una ragazza innamorarsi di lui. Un grande no-no. Lo aveva detto anche lui. Lui non era fatto per lei. Lei non era fatta per lui. Lui apparteneva alla sua città, a quel luogo...e lei no.

Ma tornando al suo primo dilemma; come affrontare la giornata senza morire di imbarazzo.

Con le guance accaldate e gli occhi bassi, Tammy entrò furtivamente in cucina, e sussultò quando Ursula la salutò con un caloroso, "Buongiorno. Hai dormito bene?"

Dormito? *Non molto.* "Uhm, sì." Reid, che stava sorseggiando una tazza di caffè, trattenne una risatina che lo fece sussultare. A quanto pareva quella mattina non era andato in ufficio e si era fermato lì. *Per me?* Così, la sottile carezza della sua mano sulla sua vita sembrò indicare , quando si sedette sullo sgabello di fianco a lui.

Dopo quel primo momento di imbarazzo, le cose tornarono ad essere normali; normali, se si ignorava il fatto che Reid era un orso, e probabilmente anche sua nonna, e che era andata a letto con lui. Ooh, e poi c'era da aggiungere il tentativo di invasione di casa sua e di rapirla. Le ci vollero due tazze di caffè per calmare abbastanza i nervi e ignorare il pezzo di cartone attaccato alla porta – ma nulla poteva evitare i brividi che le provocava il tocco di lui.

Era stato deciso, ovviamente da Reid – il signor Comando-io, che era crollato una volta che erano stati soli – che Tammy sarebbe stata più sicura restando con lui, ma non prima di aver portato sua nonna, nonostante le sue proteste, a casa di un membro della famiglia.

"Mi sono presa cura di me stessa da prima che tu nascessi," disse sua nonna, mentre la faceva scendere dal camion e la accompagnava verso la porta principale di una casa in città.

"Sì, lo so. Hai combattuto contro cacciatori e coloni, e anche l'Abominevole Uomo delle Nevi. Lo so. Ma assecondami e rimani con la zia Jean, per favore, mentre vado a lavorare. Mi sentirei meglio sapendo che sei con loro nel caso accada qualcosa. Sai come maneggia le armi la zia Jean."

Astuto, ma efficace. Insinuando che sua zia aveva bisogno di protezione, dava a sua nonna uno scopo e annullava la sua protesta.

"Sei stato agile," disse Tammy, quando lui tornò sul camion.

"Era necessario. A volte mia nonna non si rende conto che ha quasi settant'anni. L'idea che qualcuno si prenda cura di lei è come una sentenza ignobile."

"Non pensi davvero che si sia bevuta la storia di proteggere tua zia, vero?"

"No, ma ciò le consente di salvare la faccia. Non lo ammetterà mai, ma il fatto che qualcuno sia stato tanto avventato da cercare di invadere casa nostra la notte scorsa l'ha fatta andare in panico. Se non fosse così, non avrebbe messo quel suo culo testardo sul mio camion."

"È fortunata ad averti."

"No, sono io il fortunato. Ursa mi ha praticamente cresciuto, e poi ha continuato a prendersi cura di me quando sono morti i miei genitori."

"Li hai persi da giovane?"

"In realtà no. Avevo quasi venticinque anni quando una valanga li ha seppelliti."

Tammy sussultò. "Mi dispiace."

"Gli incidenti possono accadere. Il tempo guarisce la maggior parte delle ferite. Sono passati quasi sette anni."

"Quindi tu hai ereditato l'azienda da tuo padre?"

"Sì, e la mia posizione di alfa. Ciò ha comportato il mio congedo dall'esercito, ma –"

"Eri nell'esercito?" Non fu in grado di nascondere la sua sorpresa."

"Già."

"Ma, tu sei un orso. Non avevi paura che, sai, notassero che sei differente?"

"Tutto il mio plotone era composto da mutaforma. Anche se il mondo non sa di noi, l'esercito e il governo ne è a conoscenza da anni. Il campo di battaglia non è un luogo in cui si può nascondere al meglio il proprio lato animalesco."

"Allora perché andare e metterti in una posizione del genere?"

"I predatori giovani, specialmente quelli dotati di una tendenza alfa, hanno bisogno di uno sfogo. Metti troppi di noi in un luogo senza la possibilità di sfogare la nostra energia e possiamo finire con seri problemi di aggressività. È il motivo per cui molti di noi scelgono di passare alcuni anni nell'esercito. Il condizionamento a cui ti sottomettono e qualche missione in territorio ostile rappresentano una lezione fantastica sul controllo. Senza menzionare che ci aiuta ad apprezzare molto di più casa."

"Quindi hai servito nella guerra oltreoceano?"

"Ho fatto la mia parte. Molti di noi lo hanno fatto.

Ma non è una cosa di cui parliamo molto. La guerra non è bella. Né affascinante."

"Grazie."

Mentre guidava, lui la guardò. "Grazie per cosa?"

"Per aver servito il nostro paese. Per offrirti volontario per fare la differenza."

Il suo viso si illuminò di un sorriso sghembo da bambino, che le fece tenerezza. "Non c'è di che. E ti dico una cosa, se vuoi ringraziarmi più tardi, ho una cicatrice o due che potresti baciare per farmi sentire meglio."

"Diavolo! Devi sempre ricollegare tutto al sesso?"

"Sì."

Lei scoppiò a ridere. Dopo quelle parole la loro conversazione si spostò su cose più banali, come le dimensioni della città e i suoi servizi. Nonostante vivesse in città, Tammy non poteva negare il fascino che esercitava su di lei un luogo in cui praticamente tutti si salutavano, chiamandosi per nome. Vivere in una città piccola implicava che tutti potevano mettere il naso negli affari degli altri; tuttavia, dato l'alto livello di cameratismo che vedeva e l'affetto tra le persone che incontrava, ciò non sembrava dare fastidio a nessuno.

Quando arrivarono nella sede, prima che Reid l'abbandonasse per andare nel suo ufficio, le promise che si sarebbero visti a pranzo e, nonostante Jan li stesse guardando, le diede un piccolo bacio sulle labbra. Per quanto stupido, ciò la scaldò fino alla punta dei piedi, coperti dalle calze di lana.

Lasciata sola ad arrangiarsi, Tammy finì nel garage in cui era parcheggiato un camion coperto da un telo. Non sapeva cosa sperava di trovare. Reid le aveva confermato che i camion e i rimorchi spariti non avevano subito un incidente, ma erano l'azione di un rivale. Tecnicamente, ciò significava che le sparizioni potevano essere definite un furto, ma come poteva inserirlo in una relazione, senza rivelare le strane politiche della città e le, ancor più strane, circostanze? E poi, avrebbe dovuto affrontare un dilemma ancora maggiore, visto che sapeva che non c'era più nulla su cui indagare e teoricamente avrebbe potuto andarsene in qualunque momento.

Solo che non voleva farlo. *Il che significa che devo andarmene.*

Nessuna ragazza vuole essere così patetica da lamentarsi e piangere e finire per restare più a lungo di quanto non debba. Le regole del gioco erano chiare. Nessun legame, nessuna emozione, solo sesso. Un sesso fantastico. Un ragazzo incredibile. Un orso. Un orso che si supponeva doveva stare con qualcuno del suo stesso genere.

Non con me.

Doveva decidersi ad andarsene.

Mentre passeggiava vicino al camion in riparazione, incontrò Travis, che le rivolse un sorriso impertinente. "Ho saputo che ieri hai vissuto una notte eccitante."

Per un secondo, si chiese se tutti sapessero che era andata a letto con Reid, ma poi capì a cosa si riferiva. Ciò tuttavia non le impedì di arrossire. "Giusto un po'." Più di un po'. Quel viaggio le aveva aperto gli occhi – e i sensi – più di quanto non si aspettasse.

"Hai davvero sparato a Reid nel culo? E poi lo hai minacciato con una padella?"

Si sentì quasi imbarazzata quando rispose, "Sì."

Travis quasi si piegò in due dalle risate. "Oh, come vorrei che qualcuno lo avesse registrato. Il mio grande cugino brontolone, atterrato da una ragazza di città armata di padella antiaderente."

"In realtà, era di ghisa. È più pesante."

Rise ancora di più.

Visto quello che sapeva di Reid e di molti abitanti della città, guardò Travis, chiedendosi se anche lui nascondesse un orso, sotto quell'amichevole comportamento umano. E Boris, così torvo, che ora sospettava la avesse addormentata non per sbaglio, ma per assicurarsi che non assistesse a qualcosa che non doveva vedere?

Quella città nascondeva così tanti segreti. La preoccupava il fatto che, visto il livello di violenza che aveva vissuto e sentito fino a quel momento, ciò che sapeva potesse ostacolarla, nel momento in cui sarebbe dovuta partire. *Reid cercherà di fermarmi?* Se glielo avesse chiesto, lei sarebbe rimasta?

Come se ci fosse la possibilità che glielo chiedesse. Quell'uomo le avrebbe ordinato quello che doveva fare e si aspettava che lei gli obbedisse. Non sarebbe successo, ma comunque ciò faceva sorgere un dilemma interessante. Cosa sarebbe successo se, diciamo, Reid le avesse chiesto di restare, non per mantenere un segreto, ma perché lo desiderava sinceramente? Aveva ammesso che non poteva evitare di desiderarla. La notte che avevano passato insieme glielo aveva dimostrato, oltre ad altre cose. Aveva anche chiarito il fatto che non potevano avere un futuro insieme. Quindi, restando, si sarebbe di fatto esposta alla possibilità di finire con il cuore spezzato, e più si fosse lasciata coinvolgere dai problemi della città, e dai suoi segreti, meno loro sarebbero stati disposti a lasciarla andare.

Una teoria che si rafforzò quando incontrò Jan prima di pranzo.

"Allora, ho saputo che tu e Reid fate coppia. Visto che probabilmente non ti sei portata molta roba per restare tanto tempo, ho contattato una cugina che ha circa la tua stessa taglia, e mi manderà qualche vestito."

"Chi ha detto che mi fermerò di più?"

Il sorriso di Jan si spense. "Tu e Reid state insieme."

"In un certo senso, ma è stata una cosa sporadica. Ho intenzione di andare a casa. A questo punto, probabilmente il prima possibile."

"Il prima possibile?" La profonda voce baritonale di Reid le provocò un brivido di eccitazione; Tammy si girò e lo vide sulla porta del suo ufficio.

Poi, si strinse nelle spalle. "Non c'è nessuna ragione per cui debba rimanere." A parte godere di un sesso allucinante.

"Capisco," fu la sua risposta a denti stretti. "Jan, potresti scusarci? Vorrei parlare con Tammy. Oh, e filtra tutte le chiamate o i visitatori. Non voglio venire interrotto."

Non diede a Tammy la possibilità di replica; la afferrò per il braccio e praticamente la trascinò dentro, per poi sbattere la porta e chiuderla a chiave.

"C'è qualche problema?", chiese lei. Poi si leccò le labbra e alzò lo sguardo verso di lui. Il cuore le batteva rapidamente, non per la paura, nonostante apparisse accigliato. Arrabbiato o felice, Reid era delizioso.

"Si, c'è un problema. Non puoi ancora andartene."

"Perché no? Non hai rubato tu i carichi, e venti minuti fa ho ricevuto una mail dal mio capo dicendo che il mio lavoro qui è finito."

"C'è stato uno sviluppo nel caso. Stamattina hanno ritrovato i camion e i rimorchi. Un po' usurati e il carico sparito, ma intatti."

"E i conducenti?"

La sua espressione desolata rispose per lui.

"Mi dispiace."

"Non preoccuparti. Le loro famiglie otterranno vendetta." Il tuo tono oscuro conteneva una promessa di morte.

Lei rabbrividì. "Allora immagino che l'indagine passi in mano alle autorità, dovrei fare le valigie e trovare un passaggio per tornare all'aeroporto."

"Non ancora. È troppo pericoloso. Non abbiamo ancora preso il responsabile."

"Non posso restare qui per sempre. Ho un lavoro a cui tornare. Una vita."

"Non è sicuro."

Perché una parte di lei sperava di sentirgli dire, *"Perché non voglio che te ne vada. Ho bisogno di te. Resta con me."* Una notte di sesso non le dava nessun diritto di aspettarsi tali parole. Ma ciò non le impediva di sentire un senso di delusione. Sollevò il mento in un gesto testardo. "Me ne vado, e tu non puoi fermarmi."

"Mi stai davvero sfidando a farlo?" Gli occhi di lui scintillarono, un luccichio dorato e selvaggio che fece accelerare i battiti del suo cuore. "Te ne andrai quando ti dirò che puoi farlo."

"Non puoi tenermi prigioniera."

"Posso fare tutto quello che voglio. Possiedo questa città. Se spargo la voce di non darti un passaggio verso la città, pensi davvero che qualcuno disobbedirà?"

"Perché lo fai?" *Dimmi che è perché mi vuoi. Dimmi che hai cambiato idea e che vuoi scoprire se ci apparteniamo.*"

"Devo proteggere il mio clan e, per farlo, devi rimanere fino a che non saprò che posso fidarmi di te."

"Fidarti di me?" Fissò gli occhi su di lui. "Parli sul serio?"

"Devo fare quello che è meglio –"

Lei lo interruppe. "Non dirmi cazzate. Sei un prepotente."

"Sono determinato."

"Non ti permetto di darmi ordini."

"Su questo mi obbedirai." Le si avvicinò e cercò di guardarla.

Lei lo fissò negli occhi. Grosso orso cattivo o no, non gli avrebbe permesso di intimidirla. "Vado a casa."

"No." Lui la afferrò, portò le mani sulla vita, e la tirò a sé per un bacio di punizione. Ma quella ferocia la eccitò. Le sue parole dicevano una cosa, ma il suo bacio, oddio, il suo bacio, diceva altro.

Nonostante fosse arrabbiata con lui, e con sé stessa per la propria debolezza, non poté evitare di sciogliersi nel suo abbraccio. Cosa c'era in lui che annullava tutte le sue migliori intenzioni?

Le sue mani, che vagavano sul suo corpo, la rilassarono, e si lasciò andare a lui, premendo le punte bramose dei suoi seni contro il suo petto di marmo, arcuando le anche per sentire la durezza del suo cazzo contro la sua pancia, la prova che il loro bacio lo aveva eccitato all'inverosimile.

Non solo si dimenticò l'irritazione che provava nei suoi confronti; si dimenticò dove si trovavano. Che giusto fuori dalla porta del suo ufficio c'era un pubblico ad ascoltarli.

Come se stessero recitando in un film d'amore, lui gettò per terra la metà delle cose che si trovavano sulla sua scrivania, fogli, cartelline e anche le penne, creando uno spazio per farla sedere sulla superficie di legno rovinata. Per un momento lei si chiese il perché, fino a quando lui non iniziò a tirarle le mutandine, abbassandole sotto i fianchi e poi fino alle gambe. Gliele strappò, lasciandola in camicia e calze, come se avesse troppa fretta per poter attendere.

Si piegò sulle ginocchia, tra le sue cosce, implorando di poter rendere omaggio a una certa parte del suo corpo. Quando la sua lingua iniziò a leccarle le labbra, non riuscì a trattenere un mugolio. Si morse immediatamente un labbro, affinché quella punta di dolore le impedisse di emettere ulteriori suoni, cercando di nascondere la prova evidente del suo piacere. Ma lui rendeva tutto così difficile. Si trasformò nel suo banchetto, aprendo le sue grandi labbra fino ad arrivare alla sua essenza. Affondò la sua lingua in lei. Colpì il suo clitoride. Lo leccò. Giocò, mentre lei si sdraiava sulla scrivania, respirando affannosamente e raggiungendo rapidamente il sommo piacere.

Ma non la fece venire. Non ancora.

La afferrò per le cosce, la fece scendere dalla scrivania e la girò. Una mano ferma nel centro della sua schiena la obbligò a piegarsi, e lei appoggiò le mani sulla superficie di legno, mentre lui le spalancava le cosce. L'inequivocabile rumore della zip che si abbassava precedette il suo cazzo duro che si infilava nel suo sesso bagnato.

Non esitò, né perse tempo. Si gettò nel suo accogliente canale. Fece scivolare la spessa asta in lei, distendendola. Le portò un braccio intorno alla vita, mentre si piegava su di lei. L'altra mano sulla scrivania, come a sostenerlo. Una volta in posizione, iniziò a pompare, avanti e indietro, colpi profondi, forti, e, oh, così piacevoli.

Il suo sesso si strinse intorno al suo cazzo, stringendolo e serrandolo, vibrando ogni volta che colpiva il suo pungo G. La colpiva sempre più forte, dentro e fuori, respirando affannosamente come lei, tenendola stretta per la vita per non perdere il ritmo.

Quando lei venne, un orgasmo che le fece gridare il suo nome in un torturato sussulto, lui grugnì, un mugugno leggero, che la fece fremere ancora di più. Ma furono le sue parole, pronunciate con voce roca, *"mia!"* che le provocarono il secondo orgasmo.

Il respiro rotto, il cuore galoppante e il corpo molle, lei rimase piegata sulla la scrivania, mentre lui si appoggiava alla sua schiena. Avrebbe potuto restare in quella posizione per sempre. Bastavano solo poche parole. Le parole giuste.

Ma ovviamente, essendo un uomo, non le disse. Invece, le mostrò le sue origini di orso delle caverne.

"Tu resti qui, e punto."

Lo vedremo.

CAPITOLO 20

Reid, non appena pronunciò quelle parole, sentì la rabbia di Tammy. La vide nel modo in cui tese le labbra, e lo guardò. In silenzio, lei si vestì.

Lascia che si arrabbi. Avrebbe capito che lo faceva per il suo bene.

Il suo o il mio? Si chiese, mentre spariva dal suo ufficio.

Più Tammy sembrava determinata a partire, più Reid non voleva lasciarla andare. In parte la ragione era la sua sicurezza, come le aveva detto. In parte il fatto che lei conosceva il suo segreto, in realtà il segreto della città, e in qualche modo lo preoccupava che lei potesse andarsene. Ma la ragione reale, la più importante, era che non voleva che se ne andasse. *Non può lasciarmi.*

Già, sapeva che non era la donna per lui. Capiva che lei apparteneva a un mondo diverso dal suo. Eppure, ciò non cambiava quello che provava, e non poteva dare la colpa solo al suo orso.

Voglio che rimanga qui. Con me. È mia. Anche se lei si rifiutava di riconoscerlo.

Più gli diceva che voleva andarsene, più lui si ostinava a farla restare. Più gli occhi di lei scintillavano e sollevava il mento, ostinata, affrontandolo, senza paura e sexy, più desiderava afferrare quel corpo perfetto e baciare le sue labbra incantevoli, fino a farle cambiare idea.

Era la ragione per cui non riusciva a fermarsi. Il motivo per cui l'aveva presa sulla sua scrivania, il suo dolce culo che attutiva i suoi colpi. Si era gettato nel suo accogliente calore, fino a quando la ribellione di lei non si era trasformata in una serie di "sì" mugolati. Non importava che quei sì riguardassero qualcos'altro, comunque calmarono la sua bestia interiore.

Ma non risolvevano il suo dilemma.

Come farla restare? Non ora. Se n'era andata come fosse arrabbiata, e probabilmente era giustificata, visto la durezza con cui l' aveva trattata, ma cos'altro avrebbe potuto fare? Lei voleva andarsene e, per qualche ragione, lui non poteva permetterlo. Sì, aveva ragione. Non poteva rimanere per sempre, non fino a quando lui non avesse trovato il modo per rendere quella situazione più permanente.

Se l'avesse reclamata come compagna, avrebbe creato un pandemonio con sua nonna, la sua famiglia, diavolo, probabilmente l'intera città, che si aspettava che il proprio alfa scegliesse come compagna una mutaforma. Le tradizioni e le aspettative, tuttavia, non tenevano in conto la sua felicità. I suoi desideri. *I miei bisogni.*

Era un capo, l'Alfa, il leader. Se voleva tenere Tammy

al suo lato, gli interessava davvero che cazzo pensava il resto del mondo? A cosa serviva tutto il suo potere, l'assicurarsi di avere il rispetto del suo clan, se non poteva sfruttarlo? Sì, scegliere una umana come compagna poteva essere un atto egoista ma, maledizione, non sarebbe stata la fine del mondo se si fosse concesso un atto egoista. Sì, probabilmente avrebbe dovuto affrontare lamentele e indignazione, ma fanculo. Essere il capo non significava rendere tutti felici, bensì fare la cosa giusta. E ciò che era giusto per lui era appena uscito dalla porta e minacciava di scappare dalla sua vita.

Non accettabile. Lei resta con me.

Tuttavia, come poteva convincerla a restare, e non restare per il pericolo o accusandola di non essere affidabile? Come poteva far in modo che accettasse e che sentisse la stessa cosa che lui provava per lei?

Si conoscevano solo da pochi giorni. Non c'era modo di farle capire che i mutaforma erano molto più impulsivi e intuitivi quando si trattava di scegliere il proprio compagno. Gli umani avevano tutti quei preconcetti che concernevano il frequentarsi e la compatibilità. Accidenti, avevano addirittura creato dei quiz sulle riviste femminili, in vendita sui ripiani dei negozi.

Reid non aveva bisogno di stupidi questionari a scelta multipla per sapere che lui e Tammy erano compatibili. Lo sapeva. Lo sentiva.

Comunque, avrebbe trovato una soluzione a quel dilemma più tardi. Per il momento, lei era bloccata perché ciò che le aveva detto era vero. Se avesse ordinato di non darle un passaggio, nessun tentativo di corruzione sarebbe servito.

Una volta tornato dall'organizzare l'imboscata che aveva preparato, avrebbe cercato di convincerla. Prima, doveva occuparsi di quei piccolo bastardi assassini.

Boris e gli altri avevano aggiustato il problema al radiatore del camion. Reid aveva astutamente ottenuto un carico per tranquillizzare uno dei suoi distributori, e Travis si stava preparando per partire quella notte con Boris, mentre Reid, Brody e un gruppo di altri uomini li avrebbero seguiti di nascosto sulle motoslitte. Se si fossero azzardati ad attaccare – e sperava che lo facessero – avrebbero ricevuto una sorpresa.

E Tammy, sua nonna e la città? Reid pensava che avessero i numeri per stare tranquilli. Per quella notte, Ursa sarebbe potuta rimanere a casa della zia Jean, e Tammy avrebbe dormito da Jan, la cui collezione di armi da fuoco poteva probabilmente bloccare un piccolo esercito. La sua centralinista poteva sembrare sofisticata se vista da fuori, ma la ragazza era una feticista delle armi, e veniva superata solo da Boris.

Se tutto fosse andato bene, in ventiquattro ore Reid si sarebbe occupato della minaccia alla sua posizione, avrebbe vendicato le sue persone, e si sarebbe potuto concentrare sul convincere la ragazza sexy di città a trasferirsi – definitivamente.

CAPITOLO 21

Tammy mormorava tra sé e sé, mentre si dirigeva verso l'immacolato salone di casa di Jan. Niente stile rustico, la stanza sembrava essere stata creata direttamente da una rivista di arredamento, per quanto era perfettamente moderna. Pareti bianche, pavimenti scuri, e divani di ciniglia color crema, in coordinato con un tappeto beige, illuminato da cuscini rossi brillanti e quadri colorati alle pareti che, tra le altre cose, rappresentavano le pittoresche strade parigine e i canali di Venezia.

"Quello stupido orso testardo pensa di potermi dire quello che devo fare." Tammy non riusciva ancora a credere che avesse tanta faccia tosta. Si era stupidamente aspettata, dopo il loro appuntamento segreto, che lei le facesse qualche tipo di dichiarazione, un segno di affetto, o almeno la supplicasse di restare per poter continuare ad esplorare questa selvaggia attrazione che li legava. Invece, aveva tirato fuori di nuovo la cazzata del io-sono-il-capo, un atteggiamento che aveva sfoderato del tutto quando le aveva detto, senza possibilità per lei di replicare, che avrebbe passato la notte, e probabilmente il giorno successivo con Jan, mentre lui lavorava. Lavoro che in altre parole significava trovare il tipo che stava mettendo in pericolo la sua azienda e minacciava la sua famiglia.

D'accordo. Poteva capire che lui sentisse la necessità di gestire queste cose, e che fosse preoccupato per la sua sicurezza. Tuttavia, si trattava di come lo aveva fatto. Non glielo aveva chiesto. Glielo aveva ordinato. Il che era eccitante se lo faceva in camera da letto e mentre facevano sesso, ma non così tanto quando Tammy era arrabbiata e l'unica cosa che avrebbe voluto era volare a casa, dove teneva nel freezer un gelato perfetto per curare le ferite amorose.

Come se occuparsi delle sue tumultuose emozioni non fosse abbastanza, aveva preso il suo telefono! Lo aveva preso e aveva vietato a Jan di farle usare il suo.

Infine Tammy decise di mettere fine al suo rabbioso sciopero del silenzio per chiedere, "Perché non posso usare il telefono? Devo chiamare l'ufficio e fargli sapere che ritarderò il rientro di qualche giorno. E mia madre? Si preoccupa quando non mi faccio sentire." O se non rispondeva. O se la luna e Saturno si trovavano in una determinata posizione nel cielo. Quando si trattava della sicurezza di Tammy, sua madre aveva dei problemi. Ma Tammy lo capiva, visto quello che era successo a suo padre, il primo e unico amore di sua madre.

Reid rispose, "me ne occuperò io."

Il suo ignorarlo, non evitò che le desse un bacio sulle

labbra, uno di quelli che ti fermano il cuore, e ti fanno alzare la temperatura. Poi, quando le disse di "comportarsi bene," e le diede una pacca sul sedere, decise di andare a cercare un'altra padella per dargliela in testa. Lei lo guardò a bocca aperta, lui rise, assolutamente impertinente, e andò – con un culo decisamente troppo sexy per essere guardato – ad occuparsi dei suoi "affari."

"Apparentemente ha problemi di fiducia." Tammy mimò le virgolette con le dita, mentre alzava gli occhi al cielo. "Come se andassi a spiattellare il suo o il vostro segreto a tutti. Preferisco una stanza senza le pareti imbottite, grazie mille."

"Magari è il suo modo da uomo di chiederti di restare."

"Lo dubito. Ha chiarito che io sono troppo umana per lui. Apparentemente, sono abbastanza buona per una botta e via, ma tutto il resto è fuori questione."

"Ahi."

"In realtà no. È stato abbastanza chiaro fin dall'inizio."

"Ti piace?"

"Sì e no. Voglio dire, sono attratta da lui, e penso che in circostanze diverse potrebbe funzionare. Ma lui non è interessato, e io non sono una di quelle donne che supplicano o lasciano che un uomo si approfitti di lei."

"Quindi cosa farai?"

Tammy si strinse nelle spalle. "Cosa posso fare per il momento? Voglio andarmene. Lui non mi lascerà farlo. Immagino di essere bloccata per ora."

"O magari no." Jan si diresse verso un armadio nero

scintillante, che Tammy immaginò contenesse la televisione e lo stereo. Sbagliato. Le porte si aprirono su un mini armamento.

"Porca vacca, perché tante pistole?" Chiese Tammy, mentre guardava con gli occhi spalancati quelle scorte mortali.

"A mio padre piacevano, e quando ero giovane mi ha insegnato a sparare. Mi hanno detto che anche tu hai una buona mira."

"Anche a mio padre piacevano le armi."

"Piacevano?"

"Morì quando ero una bambina."

"Mi dispiace."

"Già, beh, gli incidenti possono accadere." E il senso di colpa non termina mai. "Ma non capisco perché me le stai mostrando."

"Vuoi andartene, giusto?"

"Sì. Ma non hai sentito? Reid non me lo permetterà."

"E se potessi aiutarti?"

Il suo sopracciglio si corrugò. "Come?"

"Ti accompagnerò io, ovviamente. I grandi camion non sono l'unico modo per entrare e uscire dalla città. Ho un veicolo a trazione integrale. Diavolo, faremo più in fretta con il mio SUV che non con uno di quei camion rumorosi. Ma, se decidiamo di partire, dobbiamo portarci qualche protezione, per sicurezza."

"Vuoi dire armarci? Credi che potrebbero attaccarci?"

Anche se Tammy pensava che lo sconosciuto della notte precedente non le avrebbe più dato fastidio, non poteva ignorare il fatto che Reid pensava che i problemi che affettavano la sua città e il suo clan non erano finiti.

"Per il momento, non hanno preso di mira i cittadini, ma quando si è donne le precauzioni non sono mai troppe."

"E il divieto di Reid di aiutarmi a partire? Sai che probabilmente si arrabbierà."

"Sì, lo farà." Jan si strinse nelle spalle. "Ruggirà. Probabilmente mi sgriderà e punirà, ma poi capirà che l'ho fatto per il suo bene. Per il bene di tutta la città."

"Perché il vostro alfa non può stare con un'umana."

"No, potrebbe. È il capo e può cambiare le regole. Ma siamo onesti, tu non appartieni a questo luogo. Non ti chiama ragazza di città per niente. Non voglio sembrare cinica o sprezzante. Solo che la vita di qui non è per tutti. Accidenti, ci sono giorni in cui anche io ho voglia di lasciare questa vita di paese e trasferirmi in città." Un'espressione malinconica attraversò il viso di Jan.

"Perché non te ne vai se ti senti così? Sei intelligente e bellissima. Perché non spieghi le ali o, ehm, le zampe, e scopri cosa c'è lì fuori?"

Il viso di Jan divenne triste. "Lo fai sembrare facile. Forse lo è per te."

Non esserne così sicura. Io voglio rimanere. Eppure, come Reid e ora Jan mi hanno detto, non posso.

"Nel mio caso, so di certo che il mio futuro è qui, anche se lui non lo riconoscerà mai." Jan sospirò.

A quanto pareva qualcuno soffriva per un amore non corrisposto. Tammy si chiese chi fosse l'uomo. Ma soprattutto, si chiese se aveva il fegato di accettare la proposta di Jan. *O dovrei aspettare qualche altro giorno e restare come vuole Reid? Non posso credere che non senta niente per me. È troppo tenero. Troppo concentrato.* Troppo tutto. Non era il tipo da agire incoscientemente, eppure lo aveva fatto – con Tammy.

Significava qualcosa? E se era così...

Diciamo che le avesse chiesto di restare per capire se potevano provarci e costruire qualcosa insieme. Avrebbe detto di sì? Avrebbe potuto?

Nonostante l'iniziale shock culturale, Tammy sapeva che la vita al Kodiak Point le sarebbe piaciuta. Dopo la frenesia della città, gradiva la calma. *Pensa a come sarebbe rilassante, specialmente se nessun mi sparasse o cercasse di rapirmi.* Non le sarebbe servito molto tempo per cambiare il suo soprannome di ragazza di città. Tanto tempo prima, aveva amato la vita semplice. Trovare un lavoro sarebbe comunque stata una sfida.

Aspetta, perché stava pensando in termini tanto permanenti? Il motivo per cui Reid non voleva che partisse era collegato alla sua sicurezza. Non per altro. Il che significava nessun progetto né la ricerca di un lavoro. La sua permanenza lì era temporanea. Tecnicamente, era finita. Quindi perché esitava rispetto all'offerta di Jan? Rimanere significava più Reid, più possibilità che il suo cuore si perdesse, più dolore quando lui l'avesse scaricata e le avesse detto che poteva partire in sicurezza.

Inspirando, Tammy prese la sua decisione. "Aspettiamo il mattino?"

Jan scosse la testa, facendo svolazzare i suoi capelli biondi. "Perché? Non ci sarà più luce fuori. Facciamolo mentre Reid è occupato." In realtà, con i ragazzi che stanno preparando una trappola con il camion, abbiamo delle buone chance di raggiungere la città e farti salire su un aereo verso casa in pochissimo tempo."

Una casa senza un orso.

Probabilmente era una cosa positiva. Diversamente il suo vicino ficcanaso avrebbe sicuramente chiamato la protezione animali.

CAPITOLO 22

Come poteva immaginarsi che nessuno sarebbe caduto nella trappola che aveva predisposto? Reid corse con il suo veicolo di nuovo verso la città – e Tammy.

Non aveva ricevuto nessun messaggio o chiamata rispetto ad attacchi al clan, ma ciò non diminuiva la sua fretta. Per una volta, desiderava arrivare a casa. C'era una persona che voleva vedere.

Vedere? Ah! Avrebbe voluto caricarsi la sua ragazza di città sulla spalla, sculacciare il suo culo rotondo qualora si fosse ribellata– *ti prego, fai che si ribelli* – e portarsela a letto.

Peccato che quando fece la sua prima fermata a casa di Jan, trovò la casa buia e vuota. Chiamò a voce alta e ignorò il grugnito del suo orso. Il primo campanello di allarme, che gli fece temere che ci fosse qualcosa che non andava, non arrivò fino a quando iniziò a realizzare che nessuno aveva visto le due donne da quando avevano lasciato l'ufficio il giorno prima. Nessuno aveva parlato con loro.

La ricerca, che era iniziata come superficiale, si trasformò in una caccia organizzata, mentre lui si occupava organizzare una serie di chiamate a tappeto – cortesia di sua zia Jean.

"Zia Jean, devo trovare Jan e Tammy. Puoi rintracciarle per me?"

Zia Jean, una donna con una missione, diede il via al passaparola. Ma questa volta, la sua zia pettegola che controllava il polso di tutta la città, non fu in grado di dirgli altro se non che Jan era arrivata a casa, ma se n'era andata dopo meno di un'ora con Tammy. E da quel momento nessuno le aveva più viste. A quel punto erano passate più di sedici ore.

Reid perse il controllo e, una volta passato il suo attacco d'ira, ricordò che doveva ordinare una nuova sedia per sua nonna. Ma il suo dilemma rimaneva.

Non ci voleva un genio per capire cos'era successo. Jan, quella strega malefica, aveva portato via Tammy.

Lontano da me.

L'avrebbe uccisa. No, non poteva farlo – la gente si sarebbe arrabbiata – ma poteva urlare. E dopo averlo fatto, avrebbe...

Cosa? Inseguito l'umana che, evidentemente, non lo voleva? Trascinare la sua ragazza di città indietro e, cosa, rivendicarla per s?

"Cosa fai fermo qui?" Le parole di sua nonna lo raggiunsero un secondo dopo lo schiaffo dietro alla nuca.

Non gli fece davvero male, ma comunque gli strappò un forte "ohi". Perché l'aveva fatto?

"Sei davvero tanto ottuso? Vai a cercarla."

"Chi, Jan? Ho già mandato i ragazzi a cercarla. Brody sta andando casa per casa, nel caso siano andate a trovare qualcuno, mentre Boris e Travis stanno pettinando la strada che va alla città." Perché non avrebbe ignorato il fatto che Jan gli aveva disobbedito e aveva portato via Tammy. Tuttavia, visto i problemi che avevano, il fatto che Jan non rispondesse al telefono poteva indicare che c'era un pericolo.

"Vai a cercare Tammy, razza di idiota. Si vede che è quello che vuoi fare."

"Sono l'alfa. Non posso inseguire una donna. Se n'è andata. Il che è la cosa migliore. Non avrei potuto fare arrabbiare i puristi," brontolò, incapace di nascondere la sua infelicità.

"Oh, per favore, quel branco di vecchi brontoloni e quelle chiacchierone. A chi importa cosa pensano?"

"Parla una di loro. Da quando vuoi che stia con lei? Non eri tu che cercavi di ricordarmi quali sono i miei doveri?"

"Beh, non potevo darti carta bianca per sedurre una dolce ragazza. Sono stata cresciuta con dei valori, sai."

Lui sbuffò. "Valori che richiami solo quando ti fa comodo."

"Vantaggi dell'età."

"Chiariamo una cosa. Adesso mi dici che dovrei stare con un'umana? Cosa succede con tutte le tue cazzate sui purosangue?"

Ursa si strinse nelle spalle. "Riguardo quello…La verità è che a volte è necessario mescolare la stirpe. Troppa endogamia può causare danni. Anche se non accade spesso, il gene mutaforma è piuttosto dominante quando si tratta di coppie miste. Le possibilità che tutti i bambini che avrete tu e Tammy siano un orso come il loro papà sono alte. E se vuoi esserne davvero sicuro, esiste anche la trasformazione. È una ragazza forte. Probabilmente sopravvivrebbe."

Forte, sì, ma avrebbe potuto mettere in pericolo la sua vita in quel modo? Il punto era se a lui importasse che la sua progenie fosse mutaforma. In realtà, no. Che lo fossero o no, li avrebbe amati comunque. L'approvazione di sua nonna, tuttavia, non significava che l'avrebbe perdonata tanto facilmente. Non dopo che lo aveva fatto passare per quell' infernale dolore ai testicoli.

"Valori a parte, se pensi che dovrei stare con Tammy, perché mi hai fermato l'altra notte?"

Sua nonna sogghignò. "Psicologia inversa. A volte per riconoscere quello di cui hai bisogno e trovare la forza di lottare per esso devono vietartelo. Nonostante questo, inizio a non capire. Non mi sarei mai aspettata che la lasciassi andare."

"Non era il mio piano," ammise lui. "Speravo di avere il tempo di convincerla con la scusa della sua sicurezza." Oltre a scusarsi per le sue azioni. Aveva agito in modo piuttosto duro.

Forse se fossi stato un po' meno drastico o, dovrei dire, meno orso testardo, non avrebbe sentito il bisogno di scappare. Considerato chi lo aveva cresciuto, e le donne forti che popolavano la sua vita, avrebbe dovuto sapere che dare un ultimatum a una persona come Tammy non avrebbe portato a niente di buono. Specialmente quando aveva aggiunto il divieto di fare telefonate. Si era sentito male a vietarle di chiamare sua madre, ma in sua difesa c'era da dire che lo aveva fatto perché non voleva che progettasse un piano di fuga prima di avere l'opportunità di convincerla a restare.

"Quella ragazza era innamorata di te, Reid Carver. Non ti sarebbero servite molte parole per convincerla a restare."

Parole di cui ancora non era sicuro. Poteva offrire alla sua ragazza di città uno stile di vita che lei avrebbe potuto sostenere? C'era più di una ragione perché gli umani, e anche i forestieri, non erano considerati compagni perfetti. Non tutti riuscivano a sopportare l'isolamento e la mancanza di divertimenti di quella città. Alcuni iniziavano bene ma –

La sigla di un vecchio cartone animato chiamato *Rocky e Bullwinkle* irruppe dalla tasca frontale dei suoi jeans.

Con la voce piatta come sempre, Boris disse, "devi venire qui. Le donne non sono mai arrivate alla città."

Reid, percorso da un brivido ghiacciato, chiese, "Cosa vuoi dire?"

"Mi trovo a circa due ore dalla gola gelata, vicino al burrone. Ho trovato il veicolo di Jan."

Il cuore di Reid si fermò, mentre nella sua mente il suo orso rilasciava un pianto di desolazione. "Sono – "

"Morte no. Ma sono sparite."

"Come può essere difficile trovarle?" Reid chiese. "Dovresti essere in grado di rintracciarle attraverso l'odore."

"Non ho mai detto che sia difficile trovarle. Comunque, dato il numero di tracce di slitte che ci sono, avrò bisogno di una mano. A meno che tu non voglia che mi prenda io tutto il merito."

Qualcuno aveva preso la sua ragazza di città? *La mia ragazza di città? MIA!*

Più orso che uomo, Reid grugnì, "arrivo."

Chiunque avesse preso Tammy avrebbe fatto meglio a pregare perchè, una volta che avesse messo le zampe su di loro, non avrebbe avuto pietà. Specialmente se le avevano fatto del male.

Poi, sarebbero morti.

CAPITOLO 23

Non passò molto prima che Tammy si pentisse della propria decisione. Dopo solo due ore di viaggio nel buio assoluto, iniziò ad agitarsi sul seggiolino e a fissare lo specchietto retrovisore, cercando – sperando di vedere – cosa?

Reid, ovviamente. Nella sua fantasia, le inseguiva, la versione invernale di un motociclista con indosso una giacca nera, un casco integrale, le forte cosce in sella a una slitta ruggente. Oppure le inseguiva nelle vesti di un orso. Era fin troppo facile sognare una grande palla di pelo che correva quattro zampe ruggendo. mentre inseguiva le loro luci posteriori.

Sono davvero un bastian contrario. Aveva discusso con lui dicendogli che voleva andarsene, quando la verità era che voleva restare. E ora che era fuggita, voleva che lui la riportasse indietro.

A volta essere sé stessa era davvero complicato. Sospirò.

Jan la guardò. "Cosa c'è che non va?"

"Hai mai avuto l'impressione di aver commesso un grande errore?"

"Mi capita sempre. Poi tiro fuori una pistola e gli dico di vestirsi prima che gli faccia fuori le palle."

Tammy spalancò la bocca per un momento, prima di realizzare che Jan la stava prendendo in giro. La bionda scoppiò a ridere. "Oh, se potessi vedere la tua faccia in questo momento. Sto scherzando. Più o meno."

"Mi pare di capire che non vi stiate frequentando ora."

"No. So che tipo di uomo voglio. Aspetto che lui decida di tirare fuori la testa dalla sabbia e smetta di credere che non è abbastanza buono."

"Ha avuto problemi?"

"Gravi problemi." Jan sospirò. "Da quando è tornato da oltreoceano. So che devo portare pazienza, ma mi costa una fortuna in batterie."

"Vale la pena aspettarlo?" Chiese Tammy.

Il fremito delle labbra di Jan rispose per lei di sì. "Anche se è un idiota testardo, sì, vale la pena. Ma come siamo passate a parlare di me? Pensavo stessimo parlando di te. Di un errore. Lasciami indovinare. Vuoi tornare indietro."

Tammy storse il naso. "Sì. Ciò mi rende la donna più stupida del mondo?"

Jan sorrise e scosse la testa. "No, significa che, come sospettavo, senti un legame con Reid."

"Legame? Che legame?"

"Ci sono volte, nella vita di un mutaforma, in cui si incontra una persona e si prova un colpo di fulmine. La sensazione che sia la persona giusta. Desiderio. Bisogno."

"Lussuria estrema," Tammy scherzò, anche se una parte di lei comprendeva perfettamente quello che voleva dire Jan. Non poteva negare che qualcosa fosse successo nel momento in cui aveva incontrato Reid.

"La lussuria è una parte di esso, sì, ma il legame a cui mi riferisco si trova a un livello molto più profondo. Chiamiamo questo bisogno, primario e schiacciante, istinto di accoppiamento. È una forza piuttosto potente e, se coloro che lo soffrono non lo combattono, come qualcuno che conosco," Jan disse tra i denti, "allora può trasformarsi in una relazione appagante che può durare tutta la vita."

"E tu pensi che a me sia successa questa cosa con Reid?" Sicuramente avevano già ballato un tango orizzontale, oltre ad altre danze intime.

"Non solo a te. Anche a lui. Credo che siate anime gemelle."

Tammy sbuffò. "Lo dubito molto."

"Perché? Gli umani si innamorano a prima vista tutte le volte. I mutaforma fanno circa la stessa cosa, ma è più un istinto fatto di vista, olfatto, e qualche tipo di adeguatezza metafisica, qualcosa che sospetto venga dal nostro lato animale."

"Fantastico, quindi probabilmente il suo orso pensa che sia un piatto saporito."

Le labbra di Jan si curvarono in un sorriso. "In un certo senso. Ma, di nuovo, non è solo quello. Le anime gemelle si fondono una nell'altra. È come se un potere più forte riconoscesse una coppia compatibile e muovesse gli accadimenti affinché i loro percorsi si incrocino."

"O perché lo colpisca in testa," mormorò Tammy.

"Oh spargli nel sedere." Jan rise. "Il metodo cambia a seconda della coppia."

Che cosa carina e romantica era pensare che l'universo fosse tanto in lei da interessarsi alla sua vita romantica. La parte cinica di Tammy avrebbe voluto mettersi a ridere– prendere in giro e deridere quell'intero concetto. Ma un'altra parte non riuscì a trattenere una speranza, "Quindi tu pensi che io e Reid siamo fatti per stare insieme?"

"Sì."

Nessuna esitazione. "Eppure, se ne sei così sicura, allora perché mi hai aiutato a scappare?"

"Per essere sicura di avere ragione. Data la tua umanità, dovevo essere sicura che la tua non fosse solo una cotta per il capo del nostro clan. Reid fa un certo effetto sulle donne."

"Me ne sono accorta," rispose Tammy, non senza provare una punta di gelosia, mentre si domandava chi altra gli andasse dietro.

"Ammetto che stavo per ripensarci, fino a quando non ti ho visto agitarti, mentre ci allontanavamo."

"Avrebbe potuto essere perché mi scappava la pipì. Mi sono bevuta una tazza di caffè."

"Devi fare pipì?"

"No."

"Vuoi dire che non ho ragione?"

Tammy sospirò. "No. Non posso. So che è pazzesco che voglia tornare indietro. Ho un mutuo, un lavoro, degli amici che mi aspettano a casa, ma una parte di me, una grande parte, mi urla di tornare al Kodiak Point. Dammi dell'idiota per essere scappata da Reid." E quello che sospettava fosse il punto di non ritorno della sua vita, il momento che avrebbe deciso le sorti della sua felicità.

"Dettagli senza importanza. La casa può essere affittata o venduta. Io potrei avere bisogno di qualcuno che sa stare in un ufficio e usare un computer e, riguardo gli amici, mi piace considerarmi la prima di molti al Kodiak Point."

"Lo fai sembrare facile." Il cuore di Tammy accelerò. Paura o eccitazione? " E se –"

Tammy gridò, mentre Jan strattonava il volante, slittando sulla superficie congelata, le gomme e il paraurti che colpivano un morbido strato di neve, spargendola e sollevandola.

Afferrando la maniglia laterale, Tammy si riprese e dopo un momento urlò, "Che cazzo succede?"

Jan scoppiò a ridere. "È quello che chiamiamo un donut di polvere."

"Sei pazza." Tammy mormorò, ma un sorriso le curvò le labbra. "Mi piace."

"Pazza come una volpe. Andiamo a casa," annunciò Jan, spingendo sull'acceleratore e facendo schizzare il SUV, il cui posteriore sbandò di nuovo per quella manovra.

Ridendo, e avvolte in un'atmosfera molto più rilassata, si diressero al Kodiak Point – verso Reid. Tammy cercò di non pensare a quello che sarebbe successo. Jan aveva ragione? Lei e Reid erano uniti da un vincolo? Ciò avrebbe spiegato molte cose.

Tammy non aveva mai pensato di poter essere una ragazza da colpo di fulmine eppure, nel momento in cui aveva conosciuto quell'uomo, non aveva potuto più pensare a nient'altro. Accidenti, anche il fatto che si fosse trasformato in un orso gigante non aveva affettato l'attrazione che sentiva o il suo interesse. Se ciò non era vero amor –

Un *pop* acuto fece sbandare pericolosamente il SUV. La ruota anteriore restò incastrata sul bordo del ripido argine, e la cosa successiva che Tammy seppe, era che ci stavano sbattendo contro.

Tammy urlò, "ohporcaputtana."

Jan imprecò a voce alta, mentre lottava contro la ruota e spingeva sul freno. Nessuna tattica riuscì a rallentare quella discesa spaventosa, e non impedì che si avvicinassero rapidamente agli alberi.

L'avvertì con un "tieniti forte!" e vi si scontrarono contro. Tammy, tra gli air bags, l'impatto e un colpo in testa, non vide ciò che successe dopo.

Tammy, la testa che le pulsava e barcollante, quando aprì gli occhi non si orientò immediatamente. L'ultima cosa che ricordava erano lei e Jan che stavano per schiantarsi contro un albero. Ricordava anche vagamente il rumore dell'impatto. *Sono sopravvissuta.* E non si trovava più nel veicolo.

Aveva scambiato il suo seggiolino anteriore per uno inclinato. Legata a una lettiga, una flebo al braccio, Tammy cercò di capire cosa stava succedendo perché, nonostante il tubo e il letto di tipo ospedaliero, dotato di sponde di metallo, non si trovava ricoverata in un ospedale. Non a meno che in Alaska non tenessero i pazienti in hangar di metallo, dagli alti soffitti arcuati, su cui luci fosforescenti le permettevano di vedere diversi veicoli parcheggiati vicino a lei. Era praticamente sicura che anche nella più remota delle località ciò non sarebbe stato visto di buon occhio. Quindi, se non si trovava in un ospitale, dove?

"L'umana si è svegliata. Giusto in tempo. Stavo iniziando a pensare che il mio piccolo piano ti avesse ucciso." Non suonava bene. La voce beffarda veniva da un punto alla sua sinistra, e lei girò la testa nel tentativo di localizzare colui che stava parlando.

Quella tetra illuminazione la aiutò a vedere che c'erano diversi uomini che le gironzolavano intorno, tutti vestiti con abiti pesanti, nonostante fossero presenti diverse stufe a propano, i cui elementi rossi brillavano e da cui partivano le tubazioni per la ventilazione. Che rassicurante. Non sarebbe morta per avvelenamento da monossido di carbonio ma, visto che qualcuno le stava riempiendo le vene di qualche sostanza scura, non si sentiva così fortunata.

"Chi sei? Dove mi trovo?" Chiese, le parole che le uscivano fiacche e dense, lottando per parlare nonostante una nebbia continuasse ad offuscarle i pensieri e i muscoli.

"Sono un fantasma del passato, il flagello del presente e il nuovo leader del futuro," annunciò l'uomo dalla corporatura robusta. Ed era davvero robusto. I capelli bianchi cangianti tagliati in stile militare, il tizio enorme le sorrise, i denti bianchi e dritti, gli occhi di un colore tra il blu e il verde. Una cicatrice gli correva dalla tempia al mento, una linea netta color rosso porpora che rendeva il suo sorriso amichevole ancora più spaventoso.

Tammy cercò di calmare la paura che le correva nelle

vene, o era quella roba che le stavano iniettando che le dava quella sensazione di freddo? "Cosa volete da me? E dov'è Jan?"

"La bionda? Per il momento ci è scappata. Sono creature furbe, quelle volpi. Ma non preoccuparti, i miei uomini la stanno cercando."

Nonostante quella situazione, Tammy rivolse una veloce preghiera affinché non trovassero Jan. A quel punto, Tammy non credeva che una preghiera per sè stessa potesse aiutarla molto. Le venne alla mente il termine 'regalmente fottuta.'

"Perché la volete, e perché me? Non ti abbiamo fatto niente di male."

"No, voi no, ma entrambe avere un uomo che morirebbe per rivedervi."

"Vuoi dire Reid?"

"Tra gli altri. Per quello che ho sentito, il Kodiak si è attaccato molto alla sua piccola umana di città. Si dice che potrebbe addirittura reclamarti come compagna."

"Come ci possono essere delle voci? Sono qui da solo pochi giorni."

"Questo non è il medioevo, cara ragazza. Esistono delle cose chiamate internet e messaggi. Ovviamente, la foto che ho pubblicato del tuo ultimo bacio con l'orso non ha richiesto nessuna didascalia."

"Ci hai spiato?"

"Spiato. Osservato. Spettegolato. O, come mi piace chiamarlo, creato un problema. Essendo un mutaforma, che ovviamente è preoccupato rispetto alla leadership del Kodiak Point, era mio dovere riportare il comportamento dell'alfa del clan. Di base, la sua improbabile relazione con un'umana ha creato un certo putiferio negli altri gruppi. Vedi, ci sono molte mamme e papà che sperano che la loro piccola mutaforma possa catturare l'attenzione del grande orso. Non sono troppo contenti all'idea che Reid possa rovinare le future generazioni, mescolando il suo sangue con quello di un'umana."

"Non devono preoccuparsi. Reid mi ha già detto chiaramente che non c'è spazio per me nel suo futuro."

"Rinuncia così facilmente?" Lo spaventoso sconosciuto sollevò un sopracciglio con falsa incredulità. Il suo sorriso crudele si fece più ampio. "Non me la bevo. Mi piace quando i clan entrano in subbuglio. Mi piace quando Reid si agita. Mi piace soprattutto vederlo soffrire."

"Perché?" Tammy mormorò quella parola automaticamente, sentendo la rabbia nel tono dell'uomo dai capelli bianchi, mentre i suoi occhi mostravano la sua ira.

"Non ti aspetti davvero che ti spifferi i miei segreti così presto e facilmente, no? Ti basti sapere che ho un piano. Uno per abbatterlo, caratterizzato da varie fasi, mentre io resto a guardare e festeggio."

"Se lo odi tanto, perché giocare? Perché non confrontarti con lui?"

"Una lotta è troppo semplice. Troppo rapida. Ho bisogno che Reid soffra. Voglio guardarlo, impotente, mentre tutto ciò che ama si distrugge intorno a lui."

"Sei pazzo."

"Pazzo? Io?" Scoppiò a ridere, un suono agghiacciante, più freddo di quella stanza cavernosa che li circondava. "È quasi sicuro che lo sia, ed è tutta colpa sua. Sua, e dei suoi amichetti. Ma non c'è niente da temere, ho dei progetti in mente anche per loro."

"Non capisco ancora cos'ha a che fare questo con me. Come ho detto, Reid ed io siamo stati insieme alcune volte, ma non siamo mai andati oltre. Stavo tornando a casa mia."

"Nella direzione sbagliata. O pensi che non abbia visto che avete invertito la marcia? Avresti dovuto continuare ad avanzare. Stavo pensando di lasciarti andare e seguire solo la volpe, ma ho preso l'occasione al volo."

"Hai orchestrato il nostro incidente?"

"Puoi chiamarmi maestro."

Venne attraversata da un violento spasmo, un'agonia tagliente che le strappò un sussulto dalle labbra.

Gli occhi dell'uomo si strinsero e le sue labbra si allungarono in un sorriso teso. "Vedo che inizi a sentirne gli effetti."

"Cosa mi stai facendo?" Tammy tirò le cinghie che la tenevano legata al letto. I lacci di pelle non si allentarono per nulla, ma i crampi nel suo corpo aumentarono.

"Fare? Dai, quello che il tuo amato Kodiak non avrebbe mai fatto. Quello che molti mutaforma hanno paura di fare perché il tasso di mortalità è alto. Ti sto dando la possibilità di diventare uno di noi."

"Perché lo vuoi?"

"Perché se sopravvivrai, e ti restituirò a lui, ogni volta che ti guarderà, penserà a me. Saprà che una parte di me corre nelle tue vene."

"Mi stai facendo una trasfusione?"

"Il sangue è ciò che mi rende speciale."

"Cosa vuoi dire?"

Il tuo prezioso orso non ti ha detto che c'era questa possibilità? Non tutti siamo nati mutaforma. Alcuni sono stati creati. Tutto quello che serve è sangue, molto sangue, e un esemplare forte. Dovresti ringraziarmi per farti questo dono. Da umana sei francamente inadatta per un leader alfa. Ma come una di noi..." Il suo sorriso si allargò, e i suoi canini a punta luccicarono. "Come una di noi, non c'è ragione per allontanarti. Se sopravvivrai al cambio, il che, secondo le statistiche, è una possibilità su tredici."

"Ma io non voglio essere una mutaforma."

"Allora magari sarai una dei dodici che morirà."

Prima che potesse ribattere a quella scelta, il dolore si impossessò di lei, togliendole il respiro e la voce. Le rubò tutto, compresi i pensieri, a parte uno.

Qualcuno mi aiuti.

CAPITOLO 24

Quando Reid incontrò Boris nel luogo in cui giaceva il SUV incidentato, gli ci volle un momento per respirare e pensare razionalmente; il metallo accartocciato, gli airbag sgonfiati, il puzzo di lupo, orso, volpe e una miriade di altre creature. Alcune tracce appartenevano ai membri del suo clan, che avevano pettinato i rottami e il burrone boscoso circostante, poi c'erano le loro orme e orme umane che macchiavano il candore della neve immacolata. Altri odori, tuttavia, non gli erano familiari.

Tracce di sangue, un odore metallico familiare che lo fece grugnire, mentre il suo orso reagiva a quella violenza, un grugnito che si trasformò in un ruggito quando notò la gomma scoppiata.

Non si era trattato di un incidente.

"Dove sono le donne?" Urlò, furioso – ma anche pieno di paura perché non ci voleva molto per connettere i punti. Qualcuno aveva sparato al veicolo di Jan, e lo aveva mandato, insieme ai suoi occupanti, fuori strada, e poi ... cosa? Si era dato alla fuga con Jan e la sua ragazza di città? Le aveva uccise?

Emise un altro ruggito, e coloro che lo circondarono lo guardarono, diffidenti, ma nessuno osò parlargli. Nessuno a parte Boris. Il grande uomo gli si avvicinò, implacabile come sempre. Non c'era nulla in grado di turbare quell'aspro alce?

Oppure quella facciata di marmo era solo una maschera? Reid notò i pugni chiusi di Boris, e il suo sguardo glaciale. Solo una persona così vicina a lui, una persona come Reid, che era stato all'inferno con quell'uomo ed era tornato indietro, poteva riconoscere i segni della quasi perdita di controllo dell'alce. Se Boris fosse scoppiato...sarebbe corso sangue.

"Hai finito di ruggire?", chiese Boris seccamente.

"Che cazzo è successo qui?"

"Qualche idiota ha giocato con la gente sbagliata. Pagheranno per quello che hanno fatto," disse Boris, in una promessa nefasta.

Certo che l'avrebbero pagata. Come se Reid permettesse che attacchi del genere restassero impuniti.

"Nessun indizio di chi lo abbia fatto? Voglio il responsabile per poterlo fare a pezzi."

"Tutto quello che posso dirti per il momento è che non è stata l'opera di un uomo solo. Secondo i miei calcoli, almeno sei persone, probabilmente anche otto, erano coinvolte. Quattro motoslitte in tutto."

"Hanno portato via con loro le donne?" La vera

domanda non venne pronunciata a voce alta: erano ancora vive' "Le loro tracce? Devono averne lasciate visto che sono entrati nel veicolo."

"Se sto interpretando bene i segnali, Jan si è trasformata ed è scappata, ma le sue tracce diventano nebulose ad un certo punto, non lontano da qui. Gli altri segni portano a pensare che abbiano preso la tua donna. E riguardo al come sta..." Boris si strinse nelle spalle. "È umana. Fragile. Chi sa se è sopravvissuta o no all'impatto, anche se immagino che non si sarebbero disturbati a portare in giro un cadavere."

Era una piccola consolazione, ma per Reid era meglio di niente. *Non è morta.* Non può esserlo. Se lo fosse stata, lo avrebbe saputo. Sentito. Si quello, lui e il suo orso, ne erano certi. "Cosa dicevi di Jan? Come è riuscita a scappare da loro?"

La sua espressione stoica si fece severa. "Non sono così sicuro di quale sia la sua situazione. Sembra che si sia trasformata nella sua volpe. Ho seguito le sue tracce, ma suo padre le ha insegnato bene. L'ho persa."

Se la situazione non fosse stata tanto tragica, Reid si sarebbe messo a ridere a quella cupa affermazione di Boris. "Raggirato da una donna, il colmo."

"Prima di tutto, quella ragazzina testarda non sarebbe mai dovuto arrivare fin qui," brontolò Boris. "Ma no, tu dovevi vietare alla donna dell'assicurazione di andarsene, e Jan ha volute trasgredire alle regole, come sempre, e fare di testa sua."

"Magari se avesse un uomo che la tiene in riga..." Reid gli afferrò il gomito prima che lo colpisse allo stomaco. "Qualcuno è irascibile. Hai qualche problema con l'idea che Jan stia con qualcun altro?"

"Perché dovrebbe importarmi cosa fa quella donna? Stavo solo provando i tuoi riflessi. Ne avrai bisogno se vuoi trovare l'umana. Almeno, immagino che tu voglia farlo?"

Come se ci fossero dubbi al riguardo. "Cazzo, che lo farò. E ho ragione nel credere che tu cercherai la nostra volpe residente?"

"Qualcuno deve tirare fuori dai guai quella ragazza," brontolò Boris, ma Reid notò l'ansia nelle parole dell'uomo. Per quanto Boris brontolasse e si lamentasse, sentiva qualcosa per Jan. Solo che non lo avrebbe mai ammesso.

Un po' nello stesso modo in cui Reid si era rifiutato di riconoscere ciò che si trovava sotto ai suoi occhi.

"Quanti uomini vuoi con te?" Reid chiese.

"Nessuno. Mi intralcerebbero. Inoltre, a quanto pare, tu ne hai più bisogno di me."

Probabilmente, se la stima di Boris era corretta, Reid pensò che ovunque avessero portato Tammy ci sarebbero stati più uomini. Probabilmente armati. Avrebbe necessitato tutti i corpi caldi che poteva avere.

Il senso di colpa per mandare Boris solo senza nessun rinforzo non attraversò mai la sua mente. Se c'era qualcuno in grado di prendersi cura del proprio culo e ritrovare una volpe che si era nascosta, allora era l'uomo che era ritornato da una guerra tremenda, più o meno tutto di un pezzo. Inoltre, spesso Brody lo prendeva in giro, dicendogli che aveva perso il senso dell'umorismo, oltre ai suoi riccioli femminili. I capelli rasati ricordavano a malapena la lunga capigliatura da rockettaro dell'adolescenza di Boris.

"Buona fortuna," disse Reid, dando una pacca sulla schiena all'alce. "E fatti sentire."

Boris si limitò a rispondere con un grugnito, mentre saliva sulla sua motoslitta e schizzava via, un uomo con una missione, un uomo per cui Reid provava quasi compassione. Se Boris avesse trovato Jan, l'unica cosa di cui avrebbe dovuto avere paura era di essere preso in giro da una donna e da sè stesso. Boris diveniva il proprio peggior nemico quando si trattava di una certa bionda.

Mentre il rumore del motore svaniva, Reid si preparò per partire. Potò un paio di dita alla bocca e soffiò. Il suo fischio acuto portò gli uomini del suo clan, alcuni mutaforma e altri umani, a unirsi a lui.

Non perse tempo a parlare. La cosa migliore era andare dritto al punto. "Seguite le tracce dei bastardi che hanno fatto questo. E poi, distruggeteli." Le parole ricercate e la pietà erano finite.

Avete toccato quello che è mio. Ora morirete.

Chiunque avesse causato l'incidente non aveva sentito la necessità di coprire le proprie tracce. Quasi come se volessero essere trovati. Una fortuna, da un certo punto di vista, perché ciò significava che lui e i suoi ragazzi potevano tranquillamente seguire le loro tracce, ma preoccupante da un altro, perché ciò significava che probabilmente sarebbero caduti in una trappola.

Non gli importava. Tammy era ancora viva. Il suo nemico l'aveva presa. Secondo le regole del gioco, ciò significava che doveva andare, combattere, e terminare, una volta per tutte, i giochi mortali che il suo nemico invisibile stavano organizzando.

Viaggiarono per meno di due ore prima di raggiungere qualche segno di civilizzazione. Non civilizzazione intesa come case e negozi, ma strade battute, una miriade di odori e la leggera brezza impregnata di fumo.

Lasciarono le loro motoslitte e, misero i vestiti all'interno di alcuni contenitori e proseguirono a piedi lungo il cammino.

Nulla, a parte il soffice scricchiolio della neve e del ghiaccio, turbava la pace di quel buio mattutino. E rispetto al loro obiettivo, si iniziava ad intravedere di fronte a loro un hangar di metallo, a righe e senza finestre. Intorno ad esso c'erano alcuni edifici più piccoli, praticamente dei casotti. Anche se il suolo mostrava tracce di un'attività recente di veicoli, non c'era nessun camion, auto o altro mezzo parcheggiato alla vista.

Ma Reid non si fece ingannare dall'apparente abbandono di quel luogo. Non aveva bisogno che il suo orso si agitasse dentro la sua mente per sentire il pericolo che si avvicinava. La minaccia esisteva e li stava guardando. Sentendosi osservato, i peli del suo corpo, anche sotto tutti quegli strati, si drizzarono.

Reid, che non era solito intrufolarsi come un codardo, si fermò e appoggiò le mani sui fianchi. Disse a voce alta, "Vieni fuori, cazzo di codardo finocchio, e affrontami."

Non si aspettava che il suo avversario senza volto lo avrebbe fatto ma, con sua sorpresa, giunse una risposta beffarda. Una voce roca disse, "Guarda un po' chi mi chiama codardo. Che ironia. Vediamo quanto sei coraggioso tu. Perché non entri? Ti ho preparato un *caldo* benvenuto."

Oh, che banalità e che incredibile, ridicolo villano. Reid scoppiò a ridere. "È la storia peggiore che ho mai ascoltato. Lascia che te ne racconti una migliore. Facciamola finita. Qui, adesso. Da uomo a uomo. O orso, o qualunque cosa tu sia."

"Un combattimento? Come se lottare risolvesse davvero qualcosa."

Cos'era successo ai vecchi, cari giorni in cui le dispute si risolvevano a pugni e poi ci si rideva sopra davanti a un paio di birre? A volte a Reid mancavano i giorni nell'esercito. Specialmente gli uomini coraggiosi che aveva incontrato e con cui aveva servito. Uomini coraggiosi, al contrario di quello con cui stava trattando in quel momento. Un vero opponente non si nasconderebbe. "Ho di meglio da fare che perdere il mio tempo con un codardo."

"Codardo? È un complimento detto da te."

"Disse l'uomo che non mostrava la sua faccia. Vieni fuori a confrontarti con me o no?"

"E se dico di no? Cosa farai, orso?"

"Annunciare ai quattro venti che l'uomo che pensava di usurpare la mia posizione non ha le palle di guardarmi in faccia."

"Quindi te ne andresti? Che peccato. E io che avevo qui una sorpresa per te. Non credi che lei ci resterà male? Va beh. Immagino che ho interpretato male il tuo interesse per lei. Non ti biasimo. Gli umani sono così delicati, e un uomo nella tua posizione non può permettersi nessuna debolezza."

Quella parole colsero la sua attenzione. "Cos'hai fatto a Tammy? Dov'è?"

Una risatina uscì da un altoparlante che finalmente Reid individuò, sopra l'unica porta dell'hangar. "Vuoi la donna? Allora vieni a prenderla."

Sì, era una trappola. E, sì, era una cattiva idea. Ma ciò non poteva fermare Reid. Non una volta saputo che la sua ragazza di città era dentro.

Fece cenno a Travis e ad alcuni uomini di andare sul retro dell'hangar, mandò altri del suo clan alla porta che, non appena si avvicinò, si spalancò.

Non era un buon segno. "Du –"

Ci fu un primo sparo, così vicino a lui che sentì il proiettile fischiare mentre gli passava di fianco. E colpì qualcosa. Però non lui. Con un urlo, uno dei suoi uomini cadde al suolo con un tonfo e imprecò, "sono fottute pallottole d'argento. Bastardi."

Il tradimento maggiore quando si trattava di una guerra tra clan per il territorio o furfanti che rivendicavano il proprio diritto. Le regole segrete non scritte dei clan dei mutaforma dicevano che non si potevano usare armi esterne. Specialmente non l'argento, il tormento della loro esistenza. Un metallo che i cacciatori di una volta usavano contro di loro. O almeno così diceva suo nonno.

Nonostante la morte gli fosse passata vicino, Reid non rallentò la sua andatura. Comunque, voleva osservare l'apertura più da vicino. Quando vide la canna affacciarsi di nuovo, gridò, "Arriva."

Secondo la sua formazione militare, e il suo tono autoritario, ciò significava che dovevano obbedirgli senza fare domande. Si stesero per terra e il colpo volò sopra di loro senza fare danni.

Non ci fu un terzo tentativo, perché l'uomo dalla voce roca gridò al microfono, "Pezzi di idioti. Vi ho detto che voglio l'orso vivo."

Fantastico. Perché da vivo, Reid poteva causare molti più danni.

E una carneficina.

Si infilò nel portone aperto, rotolò e si alzò sui piedi, analizzando rapidamente l'ambiente. Fotografò mentalmente quel momento e lo spazio interno.

Non era esattamente il posto più incoraggiante del mondo. L'incuria si estendeva su quell'hangar abbandonato. Il pavimento e le pareti erano cosparsi di parti di veicoli e macchinari. La parte visibile del suolo, di cemento, era ricoperta da una patina di polvere e dagli escrementi degli animali che erano venuti a reclamare quel luogo. Ma tra i segni di abbandono, ce n'erano altri che mostravano un' attività recente. Una pila di spazzatura, la cui puzza veniva tenuta sotto controllo dal freddo pungente, che neppure i radiatori a propano riuscivano a contenere. Qui e là c'erano anche dei vecchi materassi fatiscenti, ricoperti da sacchi a pelo. Un accampamento di vermi che Reid aveva intenzione di sterminare.

Assorbì tutti quei dettagli in un momento. Tuttavia, archiviò la maggior parte di quelle informazioni per usarle successivamente. Il problema più impellente, sempre presente nella sua mente, si trovava a sei metri da lui. Una barella, con una figura stesa su di essa, coperta da un lenzuolo fino al mento. Il volto rivolto nella direzione opposta a lui. Ma fu in grado di indovinarne l'identità, dati i riccioli e il colore rosso del suo abbigliamento.

Prima che potesse fare un passo, qualcuno gettò uno straccio infuocato sul suolo. Con un *whoosh*, lingue di fuoco si svilupparono come una cortina intorno al letto contenente il corpo.

La sua ragazza di città si trovava indifesa in quel cerchio infernale. "Che cazzo hai fatto?" Domandò, decisamente sorpreso dalla follia di quel momento. Il fuoco, la seconda cosa con cui i mutaforma non giocavano. La foresta era loro amica. Il fuoco la annichilava. Per questo, nutrivano il massimo del rispetto per quel pericoloso elemento.

"Scelte, scelte," lo sfidò una voce, mentre la persona a cui apparteneva si nascondeva dietro al fumo. "Salvare la ragazza. Trovarmi. O salvare te stesso. Cosa farai, *soldato*?"

Il modo in cui lo disse ... quel tono beffardo. In qualche modo gli sembrava familiare. Un altro traditore del clan come i conducenti? Importava? Tradendolo, avevano rinunciato alle loro vite. Dopo. In quel momento doveva arrivare a un accordo con le fiamme danzanti, che riempivano l'ambiente di fumo tossico. "Perché devo scegliere? Cosa ne dici se faccio tutto quello che hai detto?" Iniziando dall'assunto più preoccupante. Tammy.

Il calore e il fumo stavano già diventando insopportabili, e se lo erano per lui, forte e allenato com'era, come doveva sentirsi la sua fragile ragazza di città? Stesa sulla lettiga, non si era ancora mossa, e quello fu un pensiero che lo preoccupò, ma che allontanò per evitare di distrarsi. Doveva riuscire a prenderla, ma come? Il fuoco lo avrebbe bruciato. L'umidità poteva aiutarlo, ma non aveva accesso all'acqua, e non vedeva nessun estintore.

Solo vecchi pezzi di veicoli, pallet di legno dentro e neve fuori. Neve. Aspetta un secondo, la neve era...

Già, le luci si spensero, e gli ci volle solo un attimo per lasciare i suoi vestiti e potersi trasformare. Mentre si dirigeva pesantemente verso l'esterno, cercò di ignorare la voce che lo prendeva in giro. "Scappi? Così presto? Se solo il tuo clan potesse vedere il loro capo senza paura, in questo momento."

Se solo sapessero. Si sarebbero chiesti perché il suo gigantesco culo da orso stava costruendo l'angelo della neve Kodiak più grande che avessero mai visto.

Grossi pezzi di neve si attaccarono alla sua pelliccia e Reid corse di nuovo dentro, le quattro zampe che spingevano, dritto verso il fuoco. Le particelle ghiacciate si sciolsero al calore, ma non sfrigolò né si bruciò. Almeno, non molto. Solo i polpastrelli delle sue zampe divennero scomodamente caldi, ma nulla che non potesse sopportare.

Ma quanto poteva durare la sua fortuna? E ora che era riuscito ad entrare in quel cerchio di fuoco, come poteva portare fuori Tammy? Non era come farla rotolare su un cumulo di neve. Un problema di cui preoccuparsi una volta che l'avesse liberata.

Con i denti appuntiti, strappò le cinghie di cuoio che la stringevano, strappandole dai suoi arti febbrili, mentre cercava di ignorare il possibile danno che poteva causarle. Qualche livido e abrasione sulla pelle non erano nulla comparato alla possibilità di morire bruciata viva.

Lei aprì gli occhi, mentre strappava la quarta cinghia, occhi che sembravano avere difficoltà a focalizzare. "Reid," sussurrò. "Sei tu?"

Da orso, non poteva risponderle, ma fece del suo meglio per annuire.

Gli occhi di lei si spalancarono. Non per paura, ma in completo stato di shock. Gracchiò, "Dietro –"

Lui si girò prima che lei potesse terminare la frase, e mancò per poco il colpo di una grande zampa. Se i Kodiak erano i re quando si trattava della stazza, gli orsi polari erano gli imperatori.

E, in questo caso, era un imperatore morto.

Gene?

Reid iniziò a lottare ancora prima di processare il fatto che, molto tempo prima, in una terra lontana, aveva chiamato amico l'uomo con cui si stava confrontando. Quando gli umani lottano, c'è una certa eleganza in ciò, si tratta di una danza in cui ci si scambiano colpi, in cui la velocità e le capacità individuali giocano una parte importante. In un duello tra predatori mortali si applicano tali cose, ma aggiungendo morsi e graffi, e la situazione può diventare pericolosa, e mortale, molto in fretta.

Reid, piegandosi e girandosi in parte, diede una testata al suo rivale, e spinse la barella che sosteneva Tammy. La lanciò come un razzo verso il muro di fiamme. Poteva solo sperare che la parete infuocata avesse perso parte del proprio calore, mentre le fiamme si abbassavano.

Una testata al fianco lo fece vacillare, e Reid non ebbe tempo di controllare che lei ne fosse uscita illesa. Ancora una volta, lottando per la sua vita, poteva solo sperare che, se l'inferno l'aveva toccata, l'avesse svegliata abbastanza da potersi salvare. Aveva fatto ciò che poteva per darle una possibilità. Ora doveva salvare se stesso da un fantasma che era tornato per cacciarlo.

E, apparentemente, per uccidermi.

CAPITOLO 25

Un'eternità di dolore dopo, Tammy riemerse nel mondo, e l'unica cosa che sapeva era che ogni parte del suo corpo le faceva male. Che incubo!

Era come se il suo intero corpo fosse un livido. Ogni parte di lei bruciava, e non poteva evitare di piagnucolare. Pregare per qualche antidolorifico. Anche se una voce calda – e rude – le diceva che tutto sarebbe andato bene.

Si accovacciò. Proprio come quello stupido albero nella foresta, nessuno pareva sentirla. *Dove sono tutti quando hai bisogno di loro?* Poi, di nuovo, fu come se una voce sussurrante la aiutasse. *No, ma un paio di compresse di paracetamolo aiuterebbero.* Oh, cosa avrebbe fatto per una bella canna in quel momento. Ovviamente, per il suo valore medicinale.

Non sapeva da quanto tempo fluttuava nel dolore. Se avesse dovuto indovinarlo, avrebbe detto molto, soprattutto per i mormorii incomprensibili che la circondavano.

Troppo apatica per preoccuparsi di quello che dicevano, poteva solo rifugiarsi nella propria pena.

È tutta colpa mia. Come la biondina stupida di un film, era scappata senza avere un piano definito, ignorando il pericolo, lasciandosi guidare dalle emozioni invece che dal buon senso. Per quel motivo, si meritava un bello schiaffone. Ma non questo. Il ricordo della flebo che iniettava veleno nel suo braccio, l'agonia dello svenimento, e certamente quella situazione che non sarebbe finita bene.

Parlando di fine, tuttavia, con sua sorpresa, non notò immediatamente che il dolore si era trasformato in un intorpidimento. L'abbassamento graduale della pressione e del dolore avvennero così lentamente e fluidamente che neanche se ne accorse. Ma quando lo fece, rilasciò un profondo sospiro. *Forse dovrò preoccuparmi di vincere il premio per il Mongolino D'oro.*

Ma il sospirare fu che ciò attirò l'attenzione di qualcuno. Ah, alla faccia dei vecchi tempo, quando tutti solevano ignorarla. Fino a quando non aveva fatto qualcosa di straordinario. A Tammy non era mai piaciuto restare dietro al sipario.

Una voce fin troppo gioviale, appartenente ad un uomo con gli occhi strabici, notò che era sveglia. "Si è svegliata! E giusto in tempo. Il tuo orsacchiotto sta correndo a salvarti."

Tammy non ebbe problemi a decifrare quelle parole. *Reid sta venendo a riscattarmi!*

Se non fosse stato per la sua pelle, che iniziò a bruciarle più della volta in cui era svenuta, come fosse intrappolata in un groviglio di edera velenosa, avrebbe esultato di più. Solo moltiplicando per dieci il ho-bisogno-di-grattarmi-ORA si poteva intendere il livello di quella nuova tortura. Ancora peggio, non poteva muoversi per alleviare quella sensazione, non con le cinghie che la tenevano legata a quella lettiga. Una mancanza di mobilità che, ovviamente, peggiorava il suo dolore.

Tutto la irritava, dalle cinghie di pelle che stringevano i suoi polsi nudi e le caviglie, alle luci brillanti che la sovrastava. Quelle bastarde che la fissavano nelle pupille sembravano determinate a bruciarle le palpebre. La compassione che provava per le mitiche figure vampiresche, e la loro avversione per la luce, cambiò. Non avrebbe mai più preso in giro coloro che erano condannati a vivere nell'oscurità.

Il tagliente scoppio di un fucile la fece gemere, mentre quel suono riverberava nella sua mente. *Ehi, io sto ancora aspettando l'antidolorifico.*

Il secondo colpo non la aiutò per nulla. Lottò per aprire gli occhi, emettere un suono o muoversi, ma era come se il suo corpo si fosse distaccato da lei, legato alla sua coscienza, ma impossibilitato a muoversi. Probabilmente non era una cosa così negativa, considerando la sua posizione indifendibile.

Una situazione che sarebbe migliorata?

Sentì il ruggito di un animale, un orso. Come lo sapesse, non sapeva dirlo. Ma qualcosa dentro di lei lo riconobbe.

La sua coscienza ondeggiò per un momento mentre lottava e di sforzava per capire ciò che stava accadendo. Quella successione di eventi invisibili era una merda. Il doversi basare sugli altri suoi sensi la faceva sentire vulnerabile e ignara. Decifrare quella situazione era come cercare di fare un puzzle con gli occhi bendati. Ma, comunque, faceva del suo meglio.

Pareva che coloro che la stavano torturando fossero sotto attacco. Una buona notizia per lei, ma la sua fortuna durò poco, quando sentì un *whoosh* che la fece rabbrividire.

Oh no. Di nuovo no.

Coloro che sopravvivono a traumi ricordano alcuni aspetti chiave. Per le vittime dei tornado, era la visione del vortice del vento e i detriti. Per Tammy, il detonante era quel sibilo, il suono dello sparo che annunciava la propria entrata, affamato e pronto a consumare qualunque cosa si trovasse sul suo cammino. *E friggere le mie cosce paffute in pancetta alla Tammy. Tutti sanno che la pancetta rende tutto più buono.*

L'umorismo non alleviava il terrore che provava. Il fumo le riempiva le narici sensibili, e la sua puzza permeava l'aria e la faceva piagnucolare ancora di più. Ricordi dimenticati a lungo, ricordi che aveva bruciato e allontanato dalla sua mente, riaffioravano e la obbligavano a ricordare l'ultima volta che si era confrontata con il fuoco.

Quando era una bambina era andata nel casotto con suo padre. Un weekend padre-figlia a base di spari al bersaglio e pesca. Di marshmallows arrostiti, la lettura di un libro accoccolata intorno al fuoco.

In una notte frizzante e fredda, suo padre aveva allestito un falò scoppiettante. Stavano per leggere una favola di un dragone e una principessa, quando accadde. Un fatto ordinario, una brace che schizzava. Un grande pezzo raggiunse il tappeto e non si spense immediatamente.

Suo padre, che in quel momento si trovava a piedi nudi e non poteva spegnerlo pestandolo, le disse di andare subito a prendere un bicchiere d'acqua. Tammy corse al lavandino, e il bancone che conteneva i fusti di acqua. Non era stata una buona idea portare con loro l'acqua in quelle grandi caraffe dotate di rubinetto laterale. Un rubinetto che faceva scendeva l'acqua lentamente, quasi come fosse miele.

Giovane e goffa, riuscì a riempire una tazza di acqua. Quando tornò a riportare la seconda, un fumo denso si innalzava dalla fiamma danzante.

"Corri dentro, Tammy. Lascia che me ne occupi io, e poi torna fuori per un'altra storia," le disse suo padre, mentre afferrava la piccola tazza di liquido e la tirava. Si sarebbe ricordata per sempre il rumore sfrigolante della sua piccola tazza di acqua mentre lui la gettava sul fuoco che cresceva, un suono che non era sufficiente. Ma a quel tempo non lo aveva capito. Era corsa dentro, convinta che suo padre lo avrebbe sistemato. Papà sistemava tutto.

Ma suo padre non aveva calcolato la velocità con cui un fuoco affamato poteva estendersi, specialmente perché non aveva notato il secondo pezzo di brace che era schizzato fuori. Dai sussurri raccontati che aveva sentito in seguito, era andato a riempire un altro barile più grande in cucina, mentre il secondo pezzo di brace bruciava. Avrebbe dovuto seguire il consiglio che aveva dato a sua figlia e andarsene quando poteva. Mentre il filo di acqua che cadeva dal rubinetto riempiva il contenitore, le fiamme provenienti da entrambi i punti si moltiplicarono, chiudendogli rapidamente la sua unica via d'uscita.

Tammy sentiva ancora le sue grida mentre lei scappava nei boschi a piedi nudi, cercando aiuto. Aiuto che sarebbe arrivato troppo tardi.

Le ci vollero anni di incubi, terapia, e gelato al sapore di cheesecake, per poter superare gli attacchi di panico e il terrore che provava ogni volta che vedeva una scintilla. Il che era imbarazzante soprattutto quando viveva un momento di debolezza all'interno di un negozio di camini, davanti a un fuoco finto in esposizione.

Quando un compagno di classe assistette a un suo ignobile attacco di panico, decise che non avrebbe permesso al suo passato di distruggerla. Le ci volle tempo, ma era riuscita praticamente a sconfiggere i suoi incubi. Aveva imparato a gestire il fuoco e gustarsi il sapore di una bistecca al barbecue. Era addirittura ritornata nel luogo in cui aveva condiviso tanti bellissimi ricordi con suo padre. Ma non si era mai liberata del tremendo senso di colpa – e del terrore – che il fuoco le evocava.

Mentre il fumo diventava più denso e la temperatura aumentava, si sforzò di aprire gli occhi, giusto in tempo per vedere Reid mentre le strappava l'ultima cinghia. Almeno, credette che fosse lui. Un grande orso peloso, con un'espressione decisa e e un ringhio irritato.

Così adorabile, anche se spaventosamente impressionante.

Sussurrò il suo nome, e avrebbe voluto dire di più, come, "Ehi, grazie per essere venuto." Gli era davvero molto più grata di quanto lui avrebbe mai potuto immaginare. Tuttavia, il destino le stava davvero regalando una giornata di merda. Come se Tammy non avesse già vissuto abbastanza, ora il suo improbabile riscatto si stava complicando.

Perché va tutto storto?

Sulla spalla di Reid si ergeva un enorme orso bianco. Se Reid era alto, questa bestia era più che gigantesca. Sovrastava Reid e, visto che riconobbe gli occhi bizzarri del suo rapitore, dubitava che amasse il suo grande orso. Aprì la bocca per gridare. Non le uscì altro se non un roco "Dietro" e poi Reid capì – e compì la classica azione idiota da uomo.

Ignorò la sua propria sicurezza e si prese cura di lei.

Adorabile idiota.

Mentre Reid spingeva il letto con le ruote verso l'anello di fuoco, le fiamme affamate di ossigeno le rubarono il poco fiato che aveva per urlare.

Pezzo di –

Quella maledizione terminò in un mugolio, le urla che invadevano la sua mente mentre le fiamme cercavano di divorarla. Il calore le bruciò la pelle nuda ma, ancora peggio, alcune attecchirono sulla barella su cui si trovava. Per un momento, restò paralizzata dal terrore, mentre uno scintillio arancione e giallo danzava sull'angolo del letto. Ciao, sembrava dire. Ti ricordi di me?

Sì, si ricordava. Bastardo assassino.

Con un grido di rabbia o paura, o di qualcosa che non poteva spiegare, Tammy si tirò giù dalla lettiga, nonostante i suoi muscoli non cooperassero del tutto. Crollò pesantemente sul pavimento di cemento.

Oh!

Non era stato il suo atterraggio più delicato, ma

almeno il fuoco non aveva avuto la meglio. Non ancora. Poteva ancora sentire che la sfotteva, mentre sfrigolava e saltava. *Dov'erano pompieri quando servivano?*

E, ancora più preoccupante, lei era emersa praticamente immune da quell'arena fatta di benzina e fiamme. Ma Reid era ancora al suo interno, e la sua grande figura pelosa lottava contro un gigantesco orso polare.

Benvenuti al documentario sugli animali più estremo mai visto. Quando un orso Kodiak si confronta con un terrore artico, chi sopravvivrà all'interno dell'anello infuocato? E perché lei lottava contro una risatina isterica, pensando ad una pubblicità sulla diarrea?

Reid ricevette un colpo tremendo e barcollò e tutta la sua allegria scomparve. Quando recuperò la capacità di controllare i suoi arti, si avvicinò alle fiamme. Ipnotizzata. Con gli occhi che le pizzicavano e i polmoni in fiamme, Tammy non riusciva a staccare gli occhi da quelle bestie enormi che lottavano. Strano come una parte di lei avrebbe desiderato unirsi a loro.

Visto che il sangue copriva entrambi e nessuno dei due sembrava cedere, non poteva sapere chi fosse in vantaggio. Comunque, quella ferocia la affascinava.

Era difficile tenere a mente che, da qualche parte, tra la pelliccia e i muscoli, erano uomini. Ma in una battaglia tanto epica, solo uno poteva sopravvivere. Il grande orso polare aveva una enorme ferita sul fao, da cui usciva sangue, il rosso cremisi in contrasto con la pelliccia bianca.

Con un ruggito agonizzante, e una smorfia di Tammy, l'orso polare si ritirò e si contorse, fino a quando restò solo un uomo ansimante sul pavimento. Quasi non riusciva a sentire le parole che diceva, ma vide il volto di Reid, il suo viso umano, mentre si trasformava a sua volta e si approssimava al suo avversario. Reid sembrava...triste?

Allungò una mano, come volesse aiutare l'uomo dai capelli bianchi, un uomo che aveva cercato di ucciderlo solo pochi istanti prima. Tammy, quando vide il suo sequestratore afferrare qualcosa e alzare la mano, gridò per avvertirlo. Quel traditore aveva una pistola!

"Attento a- "

Troppo tardi. Di nuovo. Doveva davvero imparare a gridare i suoi avvertimenti più velocemente. Sussultò, mentre Reid lasciava cadere lo sguardo sul proprio petto, incredulo. Gli occhi di lui incontrarono i suoi e, con un movimento delle labbra le disse, "Corri."

Ma non poteva. Neppure quando cadde su un ginocchio e una cortina di fiamme lo avvolse, nascondendolo alla sua vista. Lo vide cadere. Morto. Finito.

Lasciò andare un feroce lamento, e poi un urlo tagliente, quando un altro proiettile sparato dal suo rapitore raggiunse il suo bicipite. In un momento, tutto dentro di lei esplose. La rabbia annichilò la sua paura. L'adrenalina fluì nei muscoli del suo corpo che non rispondevano. "Fottuto bastardo. Che problema hai?" Improvvisamente furiosa con se stessa, il mondo e specialmente quello stronzo che aveva causato quella tragedia, si chinò e afferrò qualcosa di pesante.

Quando era bambina, la madre di Tammy pensava che il tempo che passava con suo padre a lanciare la palla fosse sprecato. *"Perché giochi a sport da maschio, quando potremmo dipingerci le unghie? O fare shopping?"*, diceva sua madre.

Perché un giorno, sapere come gettare qualcosa e colpire un bersaglio, potrebbe risultare utile. Come in quel preciso momento. Lanciò un pezzo di metallo di una macchina abbandonata sulla testa del sequestratore.

La sua mira non era buona, ma finalmente la sua fortuna ritornò. Colpì la pistola che saltò dalla mano dell'uomo polare e lei sogghignò soddisfatta. *Così si fa.*

Ciò non sembrò turbarlo. Indicandola e sorridendo – il che si sarebbe meritato una bella sberla – il suo tormentatore iniziò a correre nella direzione opposta, lasciandola sola, tremante e sudata per il fuoco che ancora circondava il corpo del povero Reid.

Il suo povero corpo ancora vivo.

Vide Reid rotolare lontano dalle fiamme, mettendosi al centro di quel cerchio, al sicuro, per il momento. Tuttavia, anche se le fiamme si stavano riducendo, grazie al pavimento che non poteva alimentarle una volta esaurita la benzina e i detriti vicino, sapeva che Reid stava sanguinando. Posso sentirne l'odore. Perché o come era troppo nauseante da scoprire. Doveva riuscire a raggiungerlo e tamponare la sua ferita fino a quando non fossero arrivati gli aiuti.

Ma come poteva attraversare le fiamme? *Ho bisogno di un estintore. Acqua. Qualcosa.*

Non per la prima volta, desiderò avere con sé l'equipaggiamento necessario per estinguere un incendio. Anche se aveva la vescica piena, la sua mira non era per niente buona. Cosa poteva usare per bagnarsi?

Una brezza fredda entrò dalla porta, che si spalancò con un boato.

Certo. La neve. Corse fuori, e solo di sfuggita udì gli

animali ringhiare e lamentarsi, mentre lottavano per la supremazia. Per lei, c'era solo una battaglia che contava – quella per mantenere Reid vivo e poterlo così strigliare a dovere per essersi comportato come un cretino.

Quanto aveva rischiato per salvarla, e si era messo nei guai, solo per assicurarsi che lei fosse al sicuro, fermandosi a combattere per coprirle le spalle? Quello stupido, idiota altruista.

Le sue lacrime scorrevano in grandi rigagnoli, non abbastanza da spegnere le fiamme, né probabilmente per danneggiare le manciate di neve che gettava sul fuoco. Le manciate di ghiaccio che gettava dalla porta furono piuttosto efficaci, perché la consistenza dei blocchi di ghiaccio evitò che le fiamme riprendessero forza. Le ci vollero solo tre viaggi, avanti e indietro, per pulire il percorso verso Reid. Poi, si lanciò nell'anello di fuoco e cadde in ginocchi su di lui.

La sua pelle era macchiata da rivoli di sangue, e ciò le rendeva difficile identificare la ferita causata dalla pallottola. Lo pulì gentilmente e riuscì ad individuare il foro rotondo nel suo petto, che sanguinava lentamente.

Oh no. Era troppo tardi. Si era dissanguato!

"No, no, no," mormorò. Non poteva morire. Premette contro la ferita con la mano nuda. Dal suo corpo si irradiava tanto calore e il suo cuore batteva regolare, uno scherzo crudele, nel momento in cui si trovava a un passo dalla morte.

"Grande idiota," sospirò. "Perché lo hai fatto? Avrei trovato un modo per salvarti." O almeno non sarebbe stata la responsabile di un'altra morte. Era destinata per sempre a perdere gli uomini che amava per il fuoco e l'impotenza? Due fino a quell momento, e tutto per la sua sicurezza. Due persone che amava e che erano morte per colpa sua.

"Non piangere, ragazza di città," disse lui con voce roca.

Inghiottì i propri singhiozzi e fissò Reid, gli occhi socchiusi. "Non parlare. Cerca di mantenere le forze. Non so come, ma troverò un modo per uscire da qui." Aveva lottato contro la sua paura del fuoco e aveva vinto. Poteva vincere anche contro la morte?

"Non lasciarmi," sussurrò.

"Certo che no. Non ti lascerò mai."

"Mai?" Chiese. "Fino a quando entrambi vivremo?"

Parole angoscianti. Sapeva che era arrivata la sua fine? Lei fece la sua promessa. "Mai. Ti resterò accanto fino al tuo ultimo respiro."

Il sorriso soddisfatto che improvvisamente apparve sul suo volto non la fece sospettare in un primo momento, ma quando Reid rotolò sul fianco e la afferrò, capì.

"Non stai morendo," disse.

"No."

"Stronzo," urlò, spingendolo. Certo, come se avesse potuto muovere una montagna. "Lasciami andare."

"Ehi, non hai detto che non mi avresti lasciato?"

"L'ho detto solo perché pensavo che stessi morendo."

"Vale lo stesso."

"No, non vale," lo aggredì.

"Fa lo stesso. Ti obbligherò a mantenere la tua promessa"

Il fatto che fosse sporco, arrabbiato, e con il cuore ancora accelerato per l'adrenalina, non significava che non potesse trovare la determinazione per farla eccitare. Sì, l'aveva ingannata, con l'obiettivo di convincerla a rimanere. Completamente eccitante. "Non avresti qualcosa di meglio da fare in questo momento, come seguire quell'orso polare o trovare quella carta igienica a cui sei tanto affezionato?"

Amava il modo il cui le sue labbra si piegavano in un sorriso. "Solo la più morbida per le mie dolci chiappe. E, riguardo Gene, non hai sentito il rumore dell'elicottero? Se n'è andato, quindi non c'è motivo per peggiorare la mia ferita. Sicuramente guarisco più rapidamente che un umano puro sangue, ma comunque non posso esagerare. Inoltre, sto bene dove sono ora."

Considerando la posizione in cui si trovavano – lui sopra di lei, completamente nudi, e chiaramente eccitati, sì, decisamente quel posto gli piaceva molto. Anche se comunque quello non era un buon momento. "Hai detto un elicottero? Che diavolo, Reid? Mi sembra di stare in uno stupido film di gangster e non mi piace per niente."

"Non gangster, mutaforma. E, credici o no, la vita di solito non è tanto incasinata."

"E com'è di solito?"

"Era noiosa. Monotona. Solitaria."

"Oooh, sembra divertente." Fece una smorfia.

Lui sfiorò il suo naso contro quello di lei, un gesto gentile e intimo che non si aspettava da lui. "Ti sei persa il *era*. Tutto ha cambiato quando una ragazza di città è entrata nella mia vita brandendo una padella."

"È colpa mia se tiri fuori il meglio di me?", non riuscì a trattenere un sorriso.

Lui rise. "E ci risiamo, mi fai felice. È così fastidioso."

"Scusa."

"In senso buono," si giustificò. "Mi ero dimenticato cosa fosse la felicità. Ridere di cuore. Mi piace che tu non abbia paura di me e possa starmi vicino."

"Come se fossi una che si lascia comandare da un orso."

"Non mi comporto male in pubblico. Ho un'immagine da salvaguardare."

"Mi stai sfidando?"

Grugnì.

Lei rise.

"Meno male che sapevo che eravamo fatti per stare insieme o mi sarei chiesto se eri venuta per punirmi."

Lei gemette. "Non puoi averlo detto sul serio. Che diavolo succede con voi mutaforma? Jan ha una strana teoria riguardo alle anime gemelle."

"Nessuna teoria. Tu sei mia."

Possessivo all'estremo, e il momento più eccitante della sua vita. Ma comunque, doveva credergli? "Pensavo che fossi deciso e determinato a sacrificarti in nome della tua fedeltà al clan con la figlia del gruppo migliore."

"Prima che tu sparissi."

"Ti ha dato fastidio?" trattenne il fiato, mentre aspettava una risposta.

"Stai cercando di obbligarmi a dirti che ho perso la mia testa da orso? Sì. In quel momento ho capito che una volta che ti avrei trovato ‒ "

"Perché eri sicuro che ci saresti riuscito."

"Come se potessi avere dei dubbi."

"Che presuntuoso." Ed eccitante.

"Credo di averti già detto che è un dato di fatto."

"Come dici tu. Quindi cos'hai capito?"

"Che non ti avrei mai lasciato andare."

Quella pozzanghera appiccicosa nel suo petto? Sì, era un cuore sciolto. "E il tuo clan?"

"Cosa? Io sono l'alfa, e un orso Kodiak cazzuto. Mi sono ricordato che posso fare quel diavolo che mi pare e, se non gli piace, che si fottano."

Dio, era così sexy quando si comportava da stronzo-sono-io-il-capo. "E cos'è che vuoi fare?"

"Non è ovvio?" Le sorrise, togliendole ogni respiro che aveva per rispondere. Abbassò la testa per sussurrare contro le sue labbra. "Farti mia."

CAPITOLO 26

Il problema di fare dichiarazioni romantiche quando si è coperti di sangue, feriti, e ci si trova ancora nel campo di battaglia, è che si può praticamente essere certi che si verrà interrotti. Stavolta toccò a Travis, che apparve con un fucile automatico sulla spalla, una bandana sulla fronte e neanche uno straccio di vestito. Tammy immediatamente girò la testa, facendo ridere Reid e calmando così la sua gelosia.

Travis sarebbe vissuto un giorno in più.

"Capo, sei vivo, e vedo che hai trovato la tua signora."

"Sì," disse Reid. Non riusciva a contenere l'impulso di felicità, nonostante il dolore che provava al petto. La morte quel giorno non avrebbe vinto, ma lui avrebbe ottenuto la sua ragazza di città. Una ragazza di città che aveva rischiato la propria vita per salvarlo. Una ragazza di città che aveva ingannato, facendole promettere di rimanere. *La mia ragazza di città. Mia.*

Con l'adrenalina della battaglia che ancora riscaldava

il suo sangue, c'erano altre cose che Reid avrebbe preferito fare che non parlare con suo cugino. Tuttavia, ora non era il momento o il luogo in cui lasciarsi andare a desideri egoistici. Tammy aveva resistito bene fino a quel momento, ma era umana. Aveva vissuto un'esperienza traumatica. Doveva portarla fuori di lì, in un luogo sicuro, con una doccia – e un letto.

Trattenne un sospiro e, limitandosi a una piccola smorfia, Reid si alzò in piedi. Allungò una mano verso Tammy, le cui guance si tinsero di rosso, visibile anche sotto a quello strato di fuliggine. Che bello che la nudità la imbarazzasse ancora. I mutaforma non aveva mai sofferto di quel vezzo.

"Cosa puoi dirmi?" Chiese Reid a suo cugino, mentre la avvolgeva con un braccio.

"Diversi mutaforma furfanti sono scappati. Ad ogni modo sono nei guai. Sapevi che fuori, nascosto sotto a un telone, avevano un cazzo di elicottero?"

"L'ho sentito. Sai chi c'era a bordo?"

"Un paio di tipi, uno con i capelli bianchi, che ha salutato. Uno strafottente. Immagino sia stato lui a organizzare questa trappola e prendere la tua ragazza?"

"Sì." Reid rispose brevemente. Nonostante Travis avesse sentito parlare di Gene, non lo aveva mai incontrato prima. Come avrebbe potuto? Di solito i morti non fanno visite. Fino a quel giorno.

Reid era ancora sciocccato dalla scoperta sull'identità della persona con cui si stava confrontando. Si erano scambiati poche parole, soprattutto incredule.

"Santo cielo, Gene, sei vivo."

"Sorpresa. Scommetto che non ti aspettavi di rivedermi."

No, *perché l'ultima volta in cui Reid lo aveva visto, i soldati ribelli stavano trascinando Gene verso il loro posto speciale. Il posto in cui tutti loro ricevevano attenzioni particolari, mentre il nemico tentava di fargli sputare i propri segreti. Gene non era mai ritornato, e quando Reid gli altri erano scappati, avevano pensato che fosse morto. Sbagliato.*

"Sarebbe stato davvero gentile se avessi fatto uno sforzo per liberarmi." Disse Gene, mentre stava sdraiato sul suolo, sanguinando per la ferita sul fianco.

"Se avessimo saputo-"

"Cosa avreste fatto? Rischiare la vostra vita e la possibilità di scappare per me?" Gene rise, un suono roco. "Bugiardo."

Lo sparo lo aveva colto di sorpresa. Perché il suo vecchio amico dell'esercito stava cercando di ucciderlo? Davvero accusava Reid di non essere corso a riscattarlo? Tuttavia, Gene non era il primo soldato a sopravvivere a un trauma e dare la colpa agli altri per il suo destino.

La domanda era, qual era il piano definitivo di Gene?

Reid non era stupido. Gene avrebbe potuto ucciderlo ben prima della lotta. Aveva gli uomini e il potere. Ma invece, aveva lottato con lui. Era quasi come volesse...giocare?

Di sicuro non era così, eppure Reid non poteva allontanare la sensazione che più che ucciderlo, Gene volesse farlo soffrire. Osservando la serie di eventi che avevano portato a quel confronto, si poteva dire che si era trattato di seccature e tentativi di colpire il potere di Reid. Lo punzecchiava. Una tortura vendicativa per uno sgarro immaginario?

Non fu colpa mia se lo presero quel giorno. Eravamo tutti così impreparati per quello che accadde. Reid, che avesse ragione o no, non poteva negare che ciò sembrasse il piano di una mente disturbata. Non era completamente colpa sua ma, nonostante si sentisse dispiaciuto per Gene, ciò non gli avrebbe impedito di fare qualunque cosa per fermarlo, al fine di proteggere il suo clan.

E tenere al sicuro la sua ragazza di città.

CAPITOLO 27

Tammy non si sarebbe mai definita una puritana, e aveva decisamente una attrazione per il corpo maschile – specialmente quelli nudi ben formati. Tuttavia, ciò non le impedì di arrossire mentre un Reid decisamente nudo teneva una conversazione con un Travis decisamente nudo. Non solo Travis. Reid sembrava determinato a tenere un dialogo del tipo, "ehi, come va?" con ogni uomo nudo che arrivava.

Ad un certo punto, con tante appendici fluttuando qua e là, era difficile trovare qualcosa da guardare, non perché tale vista la eccitasse. Solo Reid poteva far accelerare il suo cuore. Era solo, maledizione –

"Potreste infilarvi qualcosa addosso?" infine urlò. "Davvero, capisco che siate mutaforma e tutto, ma voglio dire, andiamo, fuori ci sono mille gradi sotto zero, e ho temo che alcune parti dei vostri corpi potrebbero congelarsi e cadervi."

Probabilmente si meritò le risate che scaturirono, ma

il bacio che Reid le piantò sulle labbra, a piena vista, e decisamente tutt'altro che casto, annullò qualunque sua risposta o vena umoristica.

Quando infine le permise di respirare di nuovo, mormorò contro le sue labbra, "Se dici cose del genere, come posso dubitare di volerti? Tutta, compresi i tuoi commenti sfacciati."

"C'è molto di me da volere, e non mi riferisco solo al mio carattere." Alla ricerca di un complimento e una rassicurazione? Data la sua storia passata, decisamente sì.

"Sono un uomo a cui piacciono le curve," grugnì contro il suo orecchio, prima di mordicchiarle il lobo. Mmm, una scossa la percorse fino alla punta dei piedi. Perché non poteva avere un letto e un po' di privacy quando li necessitava?

Quando i vestiti, che stavano sparsi qua e là, e tutta quella quantità di pelle nuda – e animali dotati di pelliccia – sparirono, mormorò lo stesso nome ancora e ancora.

Ma dato il trambusto che li circondava, si morse la lingua. Alcuni degli uomini si vestirono, salirono sulle loro slitte diretti alla città, mentre altri rimasero a perlustrare la zona in cerca di indizi e di Boris, che stava cercando Jan. Reid faceva parte del gruppo diretto a casa, con Tammy stretta alla sua vita. Aveva molte domande sulla punta della lingua, ma era impensabile tenere una conversazione mentre si trovava seduta sul retro della slitta, e sfrecciavano alla velocità della luce nell'oscurità.

Il suo silenzio durò solo fino a quando non si lanciarono nella cucina, al riparo dal freddo. Ovviamente, le prime parole della ragazza grassottella non potevano che essere, "Ho una fame da lupi. C'è qualcosa da mangiare il quel tuo frigo gigante?"

Il suo ex fidanzato le avrebbe fatto pagare quella frase sincera, qualcosa di sottile tipo, "Accidenti, Tammy, non sai pensare a nient'altro che al cibo?"

Non quando il suo stomaco brontolava.

Tuttavia Reid era un uomo completamente diverso. Un orso. O qualunque cosa fosse. Sorrise. "Ti ho detto che amo il modo in cui pensi? Sono sicuro che possiamo trovare qualcosa. Non posso farti soffrire per la fame, non con il programma che ho preparato."

Un programma per fare cosa? Non le fu difficile da indovinare, visto l'occhiolino che le fece e il sorriso sensuale che le rivolse. Un calore la invase, e non fu in grado di sfilarsi gli strati invernali abbastanza in fretta. Il fuoco che si alimentava in lei non aiutava, ma il cibo avrebbe reso più facile godere del dessert.

Reid preparò uno dei suoi panini giganti, che lei inghiottì, masticando appena. Avrebbe potuto mangiarne due. Chi avrebbe detto che venire rapita e torturata poteva rendere una ragazza così affamata?

Una volta soddisfatta una necessità, si dedicò alla seconda. La curiosità. "Chi è Gene?"

Reid, che era impegnato a mettere i piatti sporchi nella lavastoviglie, si bloccò. "Immagino che non possiamo evitare questa conversazione e limitarci a dire 'qualcuno del mio passato'?"

"Immaginavo che vi conosceste. Da dove?"

"Eravamo insieme nell'esercito ed eravamo amici."

"Cos'è successo? Perché ti odia tanto?"

. . .

Reid sbatté la porta della lavastoviglie e sospirò. "Quello che credo io? Pensa che lo abbia abbandonato intenzionalmente. Abbiamo servito nello stesso plotone oltreoceano. Era con me e alcuni altri quando siamo stati catturati dalle forze ribelli e ci hanno fatto prigionieri."

"Vi hanno torturato?"

Non fu necessario che lui annuisse per interpretare l'espressione cupa che gli attraversò il volto.

"Ma voi siete scappati."

"Noi sì, ma apparentemente Gene no. Ci separarono e quando, dopo alcuni mesi, si presentò l'occasione di fuggire non lo cercammo, pensando che fosse morto. Abbiamo pensato male."

"Non è stata colpa tua."

Reid fece spallucce. "Immagino dipenda dalla propria prospettiva. Se avessi saputo che Gene era ancora lì, avrei messo quel posto a soqquadro per trovarlo. Ma, considerando quello che deve aver sofferto, è poca consolazione. Apparentemente è determinato a farmela pagare."

"Quindi cosa pensi di fare?"

"Quello che devo," fu la risposta seria di Reid.

In qualche modo Tammy sentiva che non ci sarebbe stata nessuna riappacificazione nel futuro. Non per un uomo che aveva giocato così ostentatamente con la vita di altre persone. "Tornerà?"

"Probabilmente. Ma ora, per lo meno, sappiamo chi è il nostro nemico. Sarà meglio che ci prepariamo e organizziamo la difesa fino a quando non lo prenderemo."

"Per me in cosa si traduce?". Non era una domanda completamente egoista, visto gli ultimi eventi. Tammy credeva nell'indipendenza delle donne e nella loro capacità di farcela da sole, ma quando si aveva a che fare con psicopatici, non era così orgogliosa da non chiedere aiuto ad un uomo. Se lui la voleva davvero.

"Significa che dovrai prestare attenzione, per il momento non andare in giro da sola e sempre portare con te un'arma."

"Parli come se dessi per scontato che resterò qui."

Lui alzò un sopracciglio. "È quello che farai. Pensavo che lo avessimo chiarito nell'hangar."

"E cosa succede se non voglio vivere in un posto dove devo sempre guardarmi le spalle? Se voglio andare a casa? O..."

"E, di nuovo, parli troppo. Ho detto che resti, punto."

In un giorno o momento diverso avrebbe protestato contro il suo comportamento rude, ma in quel momento... A quella dichiarazione da alfa, la donna, che aveva sempre desiderato un uomo che prendesse il controllo, si sciolse.

"Sei un dispotico, Reid Carver."

"Sì."

"Prepotente."

"Ho le mie ragioni," disse lui con un sorriso.

"Veramente troppo impertinente e sicuro di te."

"Devo esserlo."

"E sexy."

"Finalmente hai dato un osso all'orso."

"Pensavo che agli orsi piacesse il miele."

"Questo preferisce le bistecche, e lo zucchero di canna. Anche se non necessariamente insieme."

"Ora chi è che parla troppo?" si lamentò lei.

Lui scoppiò a ridere e la prese tra le braccia. "Credo di poterlo sistemare."

E lo fece, appoggiando le sue labbra su quelle di lei, una pressione elettrica che le fece risvegliare le terminazioni nervose. Oltre ad altre sensazioni che non aveva mai notato prima.

Fame, bisogno, desiderio, si snodavano in lei, rendendola bramosa di possederlo.

"Impaziente?" grugnì lui al suo orecchio, mentre le mani di lei scavavano tra i noiosi strati di tessuto.

"Mi dispiace, non riesco a controllarmi," rispose lei, anche se non si sentì tanto dispiaciuta quando lui la assecondò, togliendosi la camicia e restando a petto nudo. Lei fece scorrere le dita sulla peluria che lo ricopriva. La tirò. Piagnucolò quando lui le afferrò la mano e fermò la sua esplorazione.

"Andiamo in un posto un po' più comodo e meno esposto alla possibilità di avere un pubblico," suggerì lui.

Una richiesta ragionevole, anche se una parte di lei, un angolo primordiale che non aveva mai notato prima, a quel ritardo avrebbe voluto ringhiare. *Non capisce che ho bisogno di lui ora?*

La sua impazienza doveva essere visibile, perché lui se la gettò su una spalla, la sua grande spalla muscolosa. Mentre correva su per le scale, la lasciò a godere del prezioso panorama offerto dal suo fondoschiena sodo, che si tendeva sotto ai pantaloni. Lo afferrò e lo strinse.

Cosa darei per morderlo.

Un altro strano pensiero randagio, specialmente visto che a Tammy non piaceva mordere.

Passò davanti alla grande camera da letto che li attendeva ed entrò nel bagno spazioso. "Credo che entrambi dovremmo farci una doccia," spiegò.

Una doccia calda e Reid nudo? Di certo non si sarebbe lamentata. La mise in piedi e poi procedette a spogliarla dei vestiti rimanenti. Una volta nuda, lui rimase inginocchiato, e iniziò a far scorrere il proprio naso intorno alla sua pancia.

In passato, si sarebbe sentita a disagio. Ma visto che Reid appariva chiaramente deliziato dalle sue curve piene, come avrebbe potuto rovinare il suo divertimento? Quando lui si alzò e prese tra le mani entrambe le sue natiche, palpandole, lei chiuse gli occhi e non riuscì a trattenere un sorriso quando lui disse, con voce roca, "Amo il tuo culo. È così fottutamente perfetto."

"E grasso."

"Sì, ed è ciò che mi piace. Anche se mi piacerà ancora di più quando sarai piegata per me e potrò schiantarmici contro."

Un complimento grezzo che per lei valeva più di qualunque mazzo di fiori. "Quindi davvero non ti importano i miei chili in più?" Di nuovo, si sarebbe data uno schiaffo per quella domanda. Ma era stata ferita tante volte che il suo ego necessitava quella rassicurazione. E Reid gliela diede in quantità.

"Ragazza di città, lascia che te lo spieghi con parole che tu possa comprendere. Amo il tuo corpo da impazzire. Ogni curva. Ogni chilo. E prima che finisca questa notte, ti leccherò, toccherò e ti farò completamente mia. Più di una volta."

"Promesso?" chiese lei con un sorriso, mentre gli gettava le braccia al collo.

"Ci puoi scommettere che è una scommessa," rise, mentre entrambi entravano nella doccia, sotto l'acqua calda.

Piegò la testa per alzarsi i capelli, mentre lo spruzzo caldo le colpiva la schiena. Poteva quasi sentire il sudiciume scivolare via da lei, una sporcizia che non aveva neanche notato, presa com'era da altri accadimenti. Tuttavia, non era abbastanza distratta in quel momento da ignorare la mano di Reid. Lui prese del sapone e lo cosparse sul corpo di lei, seguendo le sue curve. Ancora una volta, esprimette a voce alta quello che vedeva e sentiva.

"Mia." Quella parola possessiva la intrappolò in una vibrazione pungente.

Prese in mano i suoi seni insaponati e passò le dita sui suoi capezzoli, fino a quando non si indurirono. Lei non riuscì a trattenere un mugolio. Fu solo il primo di molti suoni che emise mentre lui torturava i suoi seni, giocandoci e pizzicandoli, poi la girò per sciacquarla, così da potersi avvinghiare a quelle protuberanze allegre con la sua calda bocca e i denti affamati.

Tammy si contorceva e ad ogni tocco sensuale ondeggiava, sotto quel calore che la inondava e non aveva niente a che fare con l'acqua della doccia. Era Reid che la incendiava. Reid che la faceva sussultare. Mugolare. Afferrargli i capelli. Implorare.

"Ho bisogno di te," disse lei.

"Non ancora," rispose.

Lei sbuffò. Lui si mise a ridere, prima di girarla con il viso verso la parete posteriore della doccia. Le sue mani le allargarono le natiche e lei sperò che avesse finito di torturarla; inarcò la schiena, chiaro segnale di un invito.

Lui se ne accorse ma, invece di infilare il suo cazzo duro tra le sue pieghe paffute, la sua lingua si insinuò in lei.

Oh.

Leccò di nuovo. E di nuovo. La ricoprì con la sua lingua, che poi affondò fino al suo centro. Le mani appoggiate al muro, accecata dal piacere, che la portò ad urlare quando le sue dolci carezze si spostarono dal suo sesso al clitoride. Il suo punto debole.

Lui mosse rapidamente la lingua contro la sporgenza palpitante. Il piacere esplose in lei, e il suo corpo si tese, sempre di più, mentre raggiungeva la cima della beatitudine. Lui non rallentò, ma lei cercò di controllare l'orgasmo. Voleva che accadesse quando lui era dentro di lei. Voleva –

Urlò, quando lui mandò all'aria il suo piano, infilando le dita nel suo canale stretto. Ciò, combinato con la sua lingua, fu troppo. Ebbe un orgasmo, infinito.

Ma lui non aveva finito. Le sue dita uscirono dal suo sesso palpitante per sostituire la sua lingua sul clitoride. Sfregò e si mosse sulla sua protuberanza, mentre la punta del suo cazzo spesso spingeva contro la sua entrata.

Ancora non era passata l'estasi del primo orgasmo, che Tammy sentì giungere il secondo. Allora, e solo allora, Reid si decise ad entrare nel suo canale accogliente.

Lei non riuscì a trattenere una convulsione che

strinse la sua asta, mentre questa allargava il suo sesso ancora tremante. Lui grugnì. "Così stretta e dolce."

E sul punto di venire di nuovo se non ti muovi." Ansimò lei, ruotando le anche, in un movimento che non fu in grado di evitare, per farlo entrare ancora più in profondità

"Non preoccuparti per me, ragazza di città. Ho intenzione di scoparti e di farti mia e farti urlare con un altro orgasmo."

E lo fece. Si gettò in lei, con colpi forti e rapidi, mentre le sue dita stringevano il suo clitoride. Lei gridò, come aveva predetto, e quando venne lui emise un fottuto ruggito

Fu il suono più sexy che avesse mai sentito.

CAPITOLO 28

Il giorno dopo, con Tammy al sicuro in casa di sua zia – insieme a la sua orsa dotata di pistola e un manipolo di cugini curiosi – Reid convocò un'assemblea del clan. Parlò di diversi argomenti, prima di tutto l'apparente vendetta di Gene contro di lui e la città. Stabilirono dei pattugliamenti e presero la decisione di mandare più uomini a perlustrare con i veicoli le consegne dei camion, una protezione addizionale fino a quando non avessero preso l'orso polare furioso e la sua banda di amici rabbiosi, e non li avessero sterminati.

Come atteso, le persone che comandava, passionali come erano, approvarono il suo piano impietoso, ma come avrebbero reagito alla sua altra notizia? Il tempo lo avrebbe dimostrato. Disse loro che aveva scelto Tammy come sua compagna. Con poca educazione, dichiarò poi, "Ho scelto l'umana come mia compagna. Se non vi va bene, potete baciarmi il culo peloso."

Come era prevedibile, nessuno accettò la sua offerta. In realtà, parevano felici che avesse deciso di accasarsi.

"Era l'ora," qualcuno gridò.

"È carina," altri esultarono – un uomo con cui Reid decise che avrebbe parlato dopo. Giusto per stare tranquilli.

"La città ha bisogno di sangue fresco."

Solo una persona mormorò a denti stretti, "Pensa col cazzo invece che al bene del suo clan."

Ma visto che il vecchio Jamenson, di cento e tre anni, pensava che le donne non dovessero mostrare in pubblico le caviglie, Reid non gli prestò caso.

Dopotutto, era andata meglio di quanto si fosse aspettato.

Dopo aver aggiornato la riunione, e essersi sorbito le pacche sulle spalle e la commiserazione degli uomini per il fatto di essersi fatto mettere la catena al collo, il suo telefono suonò. Era Boris.

"L'ho trovata."

"Jan? Sta bene?"

Sentì un trambusto e il suono di persone che discutevano, prima che Jane prendesse il telefono, con tono soave. "Certo che sto bene. Non grazie al coglione qui, che pesta i piedi come, beh, un grande vecchio alce e che mi porta il nemico fino a qui."

"Mi occuperò di lui," disse Boris.

"Con il mio aiuto," corresse lei.

"Non ho bisogno di aiuto per abbattere un lupo."

"Sì, se sta cercando di masticarti una gamba," rispose lei.

"Stai mettendo alla prova la mia pazienza, donna," borbottò Boris sul fondo.

"Ti ho già detto dove puoi infilartela. Ti serve aiuto?" Chiese Jan dolcemente. "Immagino che quelle dita in movimento significhino no? Allora, in questo caso, se non ti importa, sto parlando col mio capo. Un uomo civilizzato. Un uomo che non ha paura di rincorrere quello che vuole, a differenza di altri."

"Mi stai chiamando codardo?"

"Sì. Troverò anche un po' di vernice gialla e ti dipingerò la pancia."

"Non ho paura," urlò lui.

Reid allontanò il telefono dall'orecchio, incapace di trattenere un'occhiata incredula, mentre la coppia continuava a discutere. Visto che sembravano essersi dimenticati di lui, e ovviamente stavano bene, attaccò. Magari quell'incidente avrebbe finalmente fatto riflettere Boris sul fatto che lui e Jan erano fatti uno per l'altro.

Molto improbabile. Ma comunque, a volte i miracoli accadono. Bastava guardare lui e la sua ragazza di città. E, a proposito, sentiva già la sua mancanza.

Una volta essersi più o meno preso cura degli affari relativi al suo clan, o averli delegati, tornò correndo a casa di sua zia, e si incontrò nel mezzo di una scena interessante.

I suoi cinque cugini, che avevano un'età che andava da quella in cui erano meschini a quella in cui combinavano solo guai, fissavano tutti Tammy con gli occhi spalancati e la bocca aperta.

Non erano gli unici con quell'espressione. La sua

ragazza di città si girò per guardarlo e squittì, "Gli ho ruggito contro."

"Non ti posso biasimare. Quei bricconcelli probabilmente se lo meritavano."

"No, non hai capito. Ho ruggito, come un ruggito animale."

Reid si accigliò. Ops. Sperava di poter parlare a Tammy di quella *situazione* prima che lei lo notasse da sola. La afferrò per un braccio e la portò verso l'entrata, dove le diede i vestiti da mettersi.

"Cosa succede, Reid?"

"Ne parliamo a casa mia," disse, restando fermo. La trascinò fuori dalla casa, praticamente lanciandola nel suo veicolo ancora caldo.

"Non voglio aspettare, Reid. Voglio sapere cosa sta succedendo, *adesso!*" Già, quell'ultima parola le uscì con una nota roca, ringhiosa.

Lui non rispose, mentre usciva dal vialetto e si metteva in strada.

"Reid? Perché stai evitando la mia domanda?"

"Dobbiamo parlarne in privato."

"Non voglio aspettare. Voglio sapere cosa sta succedendo, ora." Quando lui non rispose, lei sbuffò. "Rispondimi, maledizione." Lei si portò una mano sulla bocca e poi urlò, quando notò gli artigli su quella stessa mano.

Apparentemente quella conversazione non poteva attendere. A mezza strada, su una via senza case, Reid accostò e cercò un modo per spiegarle, con tatto, quello che stava succedendo. Fanculo.

"Sei una mutaforma."

Lei gridò e lui fece una smorfia. "Cosa?"

"L'ho sospettato quando ti ho visto legata con le fibbie, ma ho avuto la conferma la scorsa notte. Tu, uhm, odori e hai un certo vigore a letto, per dirla in un certo modo."

"Vuoi dire che puzzo? Di cosa? E com'è successo? Pensavo che non potesse succedere con il sesso o un morso."

"Infatti. Ma, in rari casi, a volte le trasfusioni di sangue possono cambiare un umano." Pensò fosse meglio in quel momento non menzionare che era stata fortunata ad aver sopravvissuto. E intatta. Non tutti resistevano alla procedura bene come lei.

"Vuoi dire che Gene non scherzava quando ha detto che mi avrebbe trasformato in un animale?" Tammy sprofondò nel seggiolino con un lamento. "Oh Dio. Non può essermi davvero successo."

"Non è così male."

"Lo dici tu. Mi hai appena detto che sono una mutaforma."

"Il che, una volta che ti ci abitui, è abbastanza fico."

"Quindi che animale sarei?"

"A giudicare dal tuo odore? Orso. Polare, credo."

"Uh. Vuoi dire che ora sono tipo la figlia mutante di quel Gene?"

Maledizione. Lo era. Merda. Ciò avrebbe cambiato i suoi piani di cacciare il suo vecchio amico? Probabilmente no. Diversamente dai vampiri, lei non necessitava che il suo creatore restasse vivo per sopravvivere.

"Tutto andrà bene. Probabilmente vivrai la prima

trasformazione durante la luna piena, tra circa due settimane, e io starò con te tutto il tempo."

"Andrà bene?" Scoppiò a ridere, un suono venato da un pizzico di isteria. "Alla prossima luna piena mi trasformerò in un orso polare, e dici che tutto andrà bene?"

"Certo, perché starai con me." *Quando la razionalità fallisce, ricorrere alle tendenze alfa.* Oh, e ai baci. La fece sedere sulle proprie gambe, non esattamente la posizione più comoda o romantica, dato il volante alle sue spalle, ma non gli importava. Tammy aveva bisogno di essere rassicurata, e maledizione, lo avrebbe fatto.

Stretti o no, riuscirono a far appannare i vetri, riempirono l'abitacolo con il dolce aroma dell'eccitazione e misero a dura prova le sospensioni. Avrebbe dovuto immaginare che non se la sarebbe cavata con poco.

Lei attese fino a quando non arrivarono a casa per vendicarsi.

Quando il cellulare di lei suonò, prese il telefono dalla tasca e rispose. "Ehi, mamma. Mi spiace se prima ho chiuso. Sono piuttosto occupata. A quanto pare resterò qui un certo periodo." Dal ricevitore uscì una sequela di parole eccitate. Tammy alzò gli occhi al cielo. "No, non mi tengono prigioniera. E, sì, è decisione mia. Ho incontrato un ragazzo, e stiamo provando a vedere se funziona. Sai, andare a convivere." Una chiacchierona ancora più eccitata, e Reid scosse la testa. Sembrava che Tammy si stesse prendendo una tirata d'orecchie.

"Cos'è lui?" Tammy alzò la voce. "No, non glielo chiederò. Sai cosa, chiediglielo tu."

Con un sorrisetto, Tammy gli allungò il telefono e se ne andò, spogliandosi mentre camminava.

Reid rimase a fissare il suo posteriore nudo mentre saliva le scale, e gli ci volle un momento per capire cosa gli stava chiedendo la donna che stava al telefono. Quando ci riuscì, fu in grado di rispondere solo, "Mi sta davvero chiedendo se le Luci del Nord hanno mutato il mio sperma?"

E cosa faceva la sua ragazza di città mentre lui stava sopportando la conversazione più strana della sua vita? Ridere, fare l'occhiolino e sparire al piano di sopra.

Quando infine riuscì a rassicurare la madre di Tammy che no, non era un pazzo boscaiolo barbuto che avrebbe tenuto sua figlia prigioniera in una capanna per sfornare bambini mutanti della Luce del Nord – anche se a un certo punto fu tentato dal menzionare che avrebbero potuto avere dei cuccioli – salì le scale, seguendo la sua nuova compagna.

La trovò stesa sul suo letto, intenta a leggere. Lei si girò sulla schiena e gli sorrise. "E ora siamo quasi pari."

"Quasi? Se vuoi saperlo, mi hai conquistato. Pensavo che la padella e l'argento nel culo fossero qualcosa di brutto, ma una conversazione con tua madre? Va oltre al concetto di crudele."

Lei scoppiò a ridere. "Te lo meriti tutto, per avermi nascosto tutta questa faccenda del ora-sono-un-orso."

"Parlando di segreti, tua mamma verrà a trovarti."

"Che?" Tammy si alzò. "Per cosa?"

"Per, beh, organizzare il matrimonio, ovviamente." Sfoderò davvero un sorriso malefico, mentre guardava la sua faccia terrorizzata? Sì. Lo fece.

"Matrimonio? Che matrimonio?"

"Il nostro matrimonio. Non è necessario perché,

tecnicamente, per la legge dei mutaforma, ci siamo accoppiati."

"Accoppiati!" Gridò quella parola. "Quando è successo?"

"Quando l'ho annunciato stamattina al clan nella riunione."

"Senza chiedermelo prima?"

"Sono l'alfa. Non chiediamo. Dichiariamo."

"Stai davvero esagerando, Reid."

"Non ancora, ma lo farò." Proprio dentro alla sua morbidezza vellutata.

"Sto davvero iniziando a ripensare a questa cosa di vivere insieme," borbottò. "Sei un prepotente."

"Pensavo che avessimo già chiarito che non te ne saresti andata. Mai."

"Questo lo dici tu."

"Sì, lo dico io."

"Quello che vorrei sapere è come siamo passati dalla convivenza al matrimonio, perché so per certo che non ne abbiamo mai discusso."

"Dettaglio da niente. Inoltre, so che le ragazze amano certe cose. E tua madre sembra davvero entusiasta."

"Non posso sposarti. In questo momento non so neanche se mi piaci."

La spinse sul letto e le portò le braccia sopra la testa. "Non è vero. Ammettilo, ami il mio culo."

"È grosso e peloso."

"Come il tuo ora," rispose lui, facendole l'occhiolino,

mentre lei si inginocchiava scomodamente vicino a una certa area sensibile. "Stavo parlando di quello polare."

"Certo che sì," grugnì lei.

"Devo provarti, ancora una volta, quanto amo il tuo rotondo splendore? Ti prego, dì di sì."

Non si sognò neppure di aspettare la sua risposta. Glielo dimostrò. Una volta. Due. Si fermò per mangiare. Poi la terza volta.

Ore dopo, mentre stavano stesi, i corpi intrecciati, dopo averle fatto ammettere che forse, solo forse, lo amava un pochino, lui sorrise. Proprio come i vecchi minatori decenni prima, questo Kodiak aveva fatto valere la propria volontà.

E se qualcuno si fosse permesso di danneggiare la donna che amava con ogni fibra del suo essere orso, lo avrebbe ucciso, vecchio amico o no.

EPILOGO

Qualche settimana dopo, durante la luna piena.

Il prurito e l'irritabilità iniziarono qualche giorno prima dell'evento lunare. Tammy lo imputò a qualche rara forma di sindrome premestruale, ma per fortuna Reid la sopportò. Resistette al suo temperamento e alle sue debolezze. Ma prima che si possa pensare che Reid semplicemente cedette, accettando il tutto, è bene ricordare che non era un uomo che permettesse a nessuno, nemmeno alla sua compagna, di calpestarlo.

Urlò. Ruggì. Poi gridò di nuovo. Lui minacciò di sculacciarla. Lei lo sfidò a farlo. Lo fece. E lei lo morse. E fecero un sesso selvaggio.

Poteva dire che non era mai stata così felice? Anche quando lui finalmente la costrinse a dire che lo amava. Lui, ovviamente, mentì. Dopo una notte particolarmente vigorosa, le portò la colazione a letto, con, tra le altre cose, i donuts che aveva comprato dall'ultima consegna di merci.

In un turbinio di dolci gentilezze, lei mormorò, grugnendo: "t omo."

A cui lui rispose con un, "Ti amo anche io."

Con quella prima dichiarazione, per Tammy divenne semplice abituarsi alla sua nuova vita. Come promesso, Jan le trovò un lavoro nell'impresa, e divennero migliori amiche, il che significava che Tammy ascoltava di frequente parlare di Boris. Lo stesso Boris che, per quello che aveva sentito dire, era stato visto baciare Jan più di una volta, facendola arrossire, compiaciuta.

I sorveglianti e la vigilanza ulteriori che Reid aveva istituito si rivelarono inutili. Gli attacchi alla città e ai loro veicoli smisero. Di Gene e della sua banda di amici animali non c'era traccia, né suono, né pelo. Ma Tammy sapeva che Reid non si fidava di quel senso di falsa sicurezza, e la sua protezione extra rimase in piedi.

Tammy comunque non aveva paura. Nonostante lo shock iniziale per il suo nuovo stato, si era abituata rapidamente e aveva imparato che non era così male. Da un lato, guariva super rapidamente e si sentiva fenomenale. Gli occasionali ruggiti animali e i peli e gli artigli che le spuntavano quando diventava troppo emotiva la facevano ancora andare un po' fuori di testa. Come la prima volta in cui il suo orso aveva cercato di comunicare con lei nella sua mente. Ma quando Reid falliva nel controllare il suo panico, Ursula veniva sempre in suo aiuto.

Chi sapeva che per curare qualunque malanno la cosa migliore erano i biscotti con gocce di cioccolato? Quando ciò non riusciva nell'intento, invece, una torta all'ananas, ricca di zucchero di canna ancora calda, con un cucchiaio di gelato alla vaniglia, aiutava di certo.

La vita divenne una piacevole routine. Una vita felice, offuscata solo da una cosa. La paura di Tammy per la sua prima trasformazione. Reid faceva del suo meglio per rassicurarla."Non è così male. Lo vedrai."

Quando si avvicinò la luna piena, Tammy, trepidante, non poteva negare di provare un certo eccitamento.

La prima trasformazione le fece mancare il fiato, non solo per il dolore, ma anche per il flusso di maledizioni che lasciò andare durante il processo, maledizioni sotto forma di grugniti e ululati.

Gli orsi non ululano. Questo lo faceva. Lei lo faceva. Oohcazzosonounorso.

Anche se la sua prospettiva visuale era distorta, non aveva problemi nel riconoscere che le proprie mani erano zampe e il suo culo era decisamente un chilometro più grande e coperto di pelo.

Urlò in shock e Reid, che ora lei poteva riconoscere a prescindere dalla forma che assumeva, sbuffò. Dargli uno schiaffo sulla testa e vederlo barcollare le diede un certo piacere. Poteva essere un Kodiak, ma lei era un fottuto orso polare. Sentì il suo ruggito.

E come correva. Ma preferiva non ricordare cosa aveva fatto nei boschi con Reid. Sicuramente c'erano delle leggi che lo vietavano.

Quando infine tornarono a casa, il trasformarsi nella propria forma umana fu brutto come si aspettava.

. . .

"Oh. Oh. Oh."

"Smettila di essere così femminuccia," Reid la prese in giro, mentre avvolgeva la sua figura tremante in una coperta.

I denti che le battevano per il freddo, Tammy lo fissò. "Mi lamenterò se vorrò farlo. Fa un sacco male!"

"Ti ci abituerai. E diventerà più semplice."

"Abituarmi? Non lo farò di nuovo."

Lui scartò quell'affermazione. "Bah. La gioia di essere il tuo animale ti farà dimenticare, e ti trasformerai di nuovo, prima di quanto tu non creda."

"Mai. Troppo doloroso."

"Anche il parto lo è, eppure le donne non hanno smesso di restare incinte."

Lei fece un movimento con la mano. "Per quello chiederò l'epidurale."

Reid rise e disse, "Ti amo, ragazza di città."

E lei amava lui. Ogni giorno di più.

C'ERA una certa perversione nello spiare le persone. Nel pianificare la loro sconfitta. Nell'ideare modi per distruggere la loro fastidiosa felicità.

Vivere nei sobborghi portava anche una solitudine deprimente. Essere osservatore del mondo a cui una volta era appartenuto. Un mondo che lo aveva evitato e lo aveva lasciato a morire.

Gene sapeva che quelli del Kodiak Point, specialmente i suoi vecchi compagni di plotone, lo stavano cercando. Aveva visto le pattuglie e le aveva evitate con facilità. Non lo chiamavano Fantasma per niente. Come un soffio di vento, un'ombra appena visibile, poteva entrare e uscire da un posto senza che nessuno se ne accorgesse.

Avrebbe potuto uccidere la coppia felice? Alzando una pistola immaginaria e mettendo l'occhio nel mirino, sorrise. In un battito di ciglia.

Ma sarebbe stato troppo facile. Troppo banale. Avrebbe lasciato che pensassero che lo avevano spaventato. Che si rilassassero nelle loro piccolo vite felici. Lo shock derivante dalla sua prossima azione avrebbe reso il tutto più dolce.

Perché quella non era la fine.

Scopri la prossima storia, i cui protagonisti sono un certo Alce e una volpe sexy.

www.ingramcontent.com/pod-product-compliance
Lightning Source LLC
LaVergne TN
LVHW041626060526
838200LV00040B/1450